国家出版基金项目
NATIONAL PUBLICATION FOUNDATION

东北流亡文学史料与研究丛书·作品卷

东路线上

塞克 著

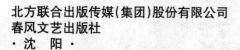

北方联合出版传媒(集团)股份有限公司
春风文艺出版社
·沈阳·

主　　编　张福贵
作品卷主编　滕贞甫

图书在版编目（CIP）数据

东路线上 / 塞克著. —沈阳：春风文艺出版社，
2019.11（2022.2重印）
（东北流亡文学史料与研究丛书）
ISBN 978－7－5313－5702－5

Ⅰ. ①东… Ⅱ. ①塞… Ⅲ. ①中国文学 — 现代文学 —
作品综合集 Ⅳ. ①I216.2

中国版本图书馆CIP数据核字（2019）第232297号

北方联合出版传媒（集团）股份有限公司
春风文艺出版社出版发行
http://www. chunfengwenyi. com
沈阳市和平区十一纬路25号　邮编：110003
永清县晔盛亚胶印有限公司印刷

责任编辑：姚宏越　刘　维	责任校对：陈　杰
封面设计：马寄萍	幅面尺寸：155mm×230mm
字　　数：155千字	印　　张：10.5
版　　次：2019年11月第1版	印　　次：2022年2月第2次
书　　号：ISBN 978-7-5313-5702-5	
定　　价：48.00元	

目　录

东路线上

一、出发

"九一八"后第一个春天，也就是"满洲国"成立的那一年，稍微有点血性的青年，差不多都离开都市到山上去了，他们有些去联络各地驻守的军队，有些去组织山上的胡匪，结果却是弄到了不少队伍，然而都是杂七杂八的。有些人称"义勇军"，有些就称"救国军"，还有些没有名称的，他们是碰到"满洲国"的军人就打，打败了就抢老百姓，老百姓被抢光了就背起老婆孩子跟他们一道走。这种情形闹得最凶的要算中东路的东线了。那时我正在小绥芬住在一个基督徒的家里，我帮他种田伐木，这样一来可以对付生活，二来又可以从容等待时机。这样的日子过了一个多月，忽然一天早上我到河边去劈柴，看见许多人围在警察局门前，一个穿长袍的人读着告示牌上的布告给他们听，原来那张布告就是"满洲国"成立的第一个消息，上头写着"大同元年"……

议论渐渐从人群里沸腾起来，他们有的要等着给"真龙天子"纳税，有的就主张丢下房子土地，带着老婆孩子拉出去。

从五站来的人带来了消息，说是驻五站的张团长揭竿抗×了，××①

---

① 国民党面对日本的侵略实行不抵抗主义，言抗日者杀，因此，在书中凡有"日本"则写成"××"，"抗日"写成"抗×"。下同。

的领事绕道海参崴逃跑了！

当天下午出乎意料地，我接到朋友从五站打来的电话，说有一部分义勇军经过小绥芬，要我也一道去。接完电话我快活得像雀子一样，在车站上忘形地跳来跳去，几个月来不曾修剪的头发在冷风里飘动着，好像头也在等待着抗×似的。

刘老头穿着破棉袍子从河对岸过来，袖着手停在铁轨旁边："喂，我说疯子，为什么今天这么快活呀？"

"打靶去了。"我仍旧跑跳着，等着东边来的火车。

"听说'真龙天子'要出现了。这一回天下许能够太平？"他犹疑的视线停在冷风里打抖的树枝上，半天不响。

"××鬼子到哈尔滨啦，你晓得不？"

"晓得，不管怎么样有'真龙天子'出来，天下总会太平。"

"滚你妈的蛋！别在这儿胡说八道。"

"你……你……"他带着老年人的涵养，不愿跟我争执似的恼恼地走开了，我蹲在月台的水门汀上等着东来的火车。

三点四点过去了，站上的时钟指着五点一刻了。夕阳在山坳处燃烧着，伐木人在烟雾里归来了，荷在肩上的锯齿闪着光。

山后边的烟雾渐渐拉长了，升高了，火车的回声在山谷里滚响着，东来的火车像烈马，张着黑嘴，瞪着红眼，在山前奔驰着……

值班的站长拿着红绿旗出来了，站上的铃当当地响了！火车轰轰地喘着气越跑越近了，汽笛漫山漫野地滚叫着，中国人，俄国人，都到站上来了，男的，女的，老的，少的拥挤着，攒动着，吃奶的孩子在母亲怀里哭叫……

传单雪片似的从车窗里撒下来——

"打倒××帝国主义！"

"打倒侵占中国的××鬼子！"

孩子们抢了传单找人读给他听，老年人议论着，少女们哧哧地笑着。

列车中间的一辆车门开了，跳下几个穿短衣的青年人，袖子上挂着红布条，上面写着左路总指挥部宣传部，第一个被我认出来的是张包，我们刚一招呼，邹素寒、赵铎也跑过来了，我一看，都认识，他们的袖子上都挂着红布条，还没等我开口，他们就你一言我一语地问起我来。

"真巧，打给你的电话还算没有误事。"张包提着一桶糨糊，一边往标语上刷一边问。

"真想不到这样快，我以为没有指望了。"

"等一会儿再讲这些。"赵铎拿起一张标语贴在电线杆上。

"怎么只是左路呢，那么中路右路在哪儿？……"

"等一会儿讲，等一会儿讲。"赵铎又拿起一张标语贴到墙壁上。

汽笛又叫了，我们匆忙地跳上车去，一时都没有话讲，只是默默地彼此会意地笑，好像嘴不是为说话用的，好像每个人都失掉了说话的能力，好像所有的话都不能表达内心的情感，好像有很多的话一时不知从哪里说起好。

火车又开了，贴满标语的车站丢在后边了，山坡上的牧群丢在后边了，人们都像凝固的石膏，像烧枯的槁木，带着油腻的脸，紫铜色的臂膀，呆坐在车厢里，火车吼叫着，向烧得通红的远天，向弥漫着烟雾的山腰奔去。

二、爱河车站

"刘快腿的军队从高岭子退下来了。"

"怎么退的？退到什么地方？"

"下城子……"一个老兵抱着枪靠在木栏杆上，望着麦田的远处敌方射过来的炮弹，一个连一个地爆炸着，停了好一会儿，他又继续着说："作战，他妈还有这样的，总指挥下命令叫他守高岭子，他还往前攻，等人家一反攻，他受不住了，放弃了高岭子坐上火车是连夜，带兵带崽子，一下子退了二百多里……"

"这就是快腿啦！——他奶奶的！"

"这一下子可把我们坑得不浅。"老兵站起来回到给养车上去了。

三月的早晨，爱河车站上冷清清地傍着两列军用车，军医处跟宣传部的先生们忙乱了一夜之后，都横七竖八地躺在车厢里睡着，第一道防线上继续地传来懒散的枪声……

我走到第一个车厢里，看见张包枕着一大堆宣传品睡得很甜的样子，在车板上敲了两下他没有醒，我也就不再理他了，又走到第二个车厢去，招呼起赵铎、邹素寒，每人带了一大卷宣传品，跳下车出发到第一道防线去。

朝阳晒在人背上微温的，树梢泄下的晨风却是清爽的，空气里含着潮湿与青草的幽香，露珠晶亮地从草尖滚落到鞋袜上，鞋袜都是湿淋淋的。雀子在草丛里蹿跳着用爪子扒着土块，小河沟里的水面结着冰花。我们一路走一路说笑着，咒骂着刘快腿。

"又他妈伤人啦？……"赵铎俯在小河沟的木桥上，遥望着山腰，从烟雾里走出的几个人，其中有两个架着一个伤兵。

"打得并不激烈吗……"

"要伤人，只要一颗子弹就够了。"

"也许是昨晚上伤的，昨晚天刚黑的时候，不打了一阵很厉害的吗？"

"那么？……"

那几个兵已经到了木桥跟前，受伤的是个三十来岁的山东人，脸黄得像蜡纸，干得嘴角直流白沫，暗灰的眼神不停地往河沟里望着。

"哎……哎……哪位老乡行行好？……"他微弱地喘息着，眼神又从这个人的脸移到另一个人的脸上。

"你要什么？说！"

"呵……呵……我……我渴……"他抬起手指着干得冒烟的口腔。

"喝不得水！—喝水你小子要送命啦！"一个高高的辽宁口音的人

说完坐在地上用树枝揭他脚上的泥巴。邹素寒凑上去，蹲在他对面——

"怎么伤的？"

"他们几个到第一道防线去架电线，他刚爬上电路杆去，一个炮弹可巧正正当地揍上，那两个当时就死了，他因为是在上边，才尝了一个炮弹渣。"

"快抬他到后防去吧，车站上有白兰地弄点喝。"

"好，我们走吧！"辽宁口音的高个子先站起来，他眯着眼望望太阳。

"送他到站上，歇歇腿，还可以赶上午饭。"

"再会啦，老乡！"

"再会，再会。"

他们一抬起伤兵，大点的血滴顺着衣角落到地上，伤兵呻吟着，几杆枪在远处扫射着——

嗒嗒……嗒嗒……嗒嗒……嗒嗒嗒嗒……

我们把传单塞进每间民房里，塞进机关枪的射手里，也贴在墙壁上、树干上、井上，鸡在围着篱笆飞跑，狗追在我们身后乱叫，火线上回来背枪的兄弟，我们给他一张，他托着大枪，嘴里念叨着去了。正吃午饭的弟兄们，见我们一走进去，就放下筷子把我们往炕上拖。

"来来，老乡！一道吃点！……"

"不啦，不啦！"

我们丢下传单走出屋门，还有人把着窗口望着我们的背影，我听见他们说——

"这般青年人真热心！都像他们中国就有救了。"

我想说"哪里，真有用的还是你们"，但话没有说出，我们已经走远，想着他们的话在我心里响着，脸上露着得意的笑。

我们回到爱河车站，刘快腿的军用车到了，从车厢里跳下穿女人毛线衫带手枪的护兵，站台上有几个小脚土娘，也带着手枪，枪把上挂着粉红色的丝带，大模大样地忙去，据说这都是刘司令忙来的姨太太，跟着一道上火线的。老兵们露着黄牙齿，讥笑着，咒骂着，传述着昨晚坐火车退却的事。

下午三四点钟，前方的炮火由懒散、稀疏变成激烈了，西南的天空飞来了××飞机，运辎车的马都插着树枝停在大道上，站台上的人群都挤到走廊下，只有我们宣传部的几位先生来不及躲，都躺在麦田里了。

眼看着它在辎重车的上空盘旋，投下重量的炸弹，爆炸声在山腰回响着。我一动不动地仰望着天，望着天上的云块，望着飞过头顶的鸟雀，望着飞机的尾巴。

不知怎么，飞机总是在我头上绕圈，大概有三四分钟，我目不转睛地盯住它的尾巴，这时没有恐惧，也没有幻想，只有一个念头就是"你不要下蛋呵"！

飞机去后，人群又从走廊下、树下、麦田里出来，站台上又是乱糟糟的，大道上的辎重车也行动起来。大兵们口里唱着——

> 天不怕，
> 地不怕，
> 就怕咱飞机拉尼尼①。

张总指挥从前边回来了，总指挥部隔壁的一间马棚给炸毁了，总指挥部的窗子、墙壁也通通炸毁了，死了两匹马，一个老太婆，南沟沿的板障子炸毁了一半。

"指挥部要马上选地方。在总攻之前，第一道防线的电话线要架好。"张总指挥把灰大衣扔在车厢里，同着他的瘸腿参谋，走进一间小板房去。

---

① 拉尼尼：即飞机投炸弹。

"白天干这事很困难。"

"人要爬上杆子去，人家正好清清楚楚地看见。"电话局的工人们议论着白天的事，面现难色。

"反正这是我们的事，我们不干也没有人替干。"大个刘杠头杠气地，重重地一屁股坐在盘着的一大捆电线上，手指搔着胳膊在打主意。隔了老半天他又继续说："晚上你们两个跟我去。"

"好吧，死活就这一下了。"

"地雷埋在什么地方晓得不？"

"晓得了的，不是在河沟前边吗？"

"对啦，走到那里我们绕着点。"

这天夜里，天气稍微有点风，哗啦哗啦地落着雨，黑得对面看不见人，前方的炮火也全停止了。大个刘带着两个工人，赤着脚，裤子卷得高高的，每人背了一捆电线，冒着雨，摸索着，出发到最前线去。起初他们还直着身子走，沿着大道边把脚踏在草上还不怎么滑，雨在头上哗哗地浇下来，雨水顺着头发梢、耳边、嘴角一条条地流下来，三个人有说有笑的，走了好一阵，一个工人忽然想到——

"今天的口令是什么？"

"前进！好险家伙……"大个刘脚下一滑险些摔倒。

"嘿嘿！"

"还笑呢，地雷快到了吧？"

"前边。看到了，那不是小河沟！"

"绕着点吧，靠右边走。"大个刘牵着一个工人的衣服，摸索着爬过小河沟。

"口令！"突然一声不带人气的叫喊。

"前进！"

哨兵把平端在手里的大枪又垂直放下，他们三个人爬着绕向西南方，爬几步，把脸贴近地面听听前方有没有动静，仔细辨别着周围的树木、坟丘……风在树梢扫过，树叶沙沙地发响。雨还是大一阵小一阵地继续着。他们越走越小心，索性连脚踏在水洼里都不使它有声音，爬了一阵，大个刘忽然停住，那两个工人也跟着停下来。又照样把脸贴近地面，看看前面的动静，大个刘心里想——

"总差不多啦!"但是他并没有说出，三个人都像落汤鸡似的蹲在雨里。

忽然一只手扯动大个刘的衣服，大个刘转过身子又俯在地面上，顺着二人指给的方向往南看。

"这是什么东西呢?"他心里纳闷儿着。

一个黑黝黝的四方的影子，房不像房，树不像树，再仔细往下看，大个刘认出四个车轮子，这会儿才知道已经爬到敌人的阵地去了，于是蹑手蹑脚的他们又悄悄地爬回自己的防线，在树杈上、木杆上、房顶上架好电线，带着满身泥水和快慰回到爱河车站。

三、打牡丹江

从拂晓开始攻击，到现在已经五个钟头了，弟兄们一队一队地往前方增加，死的受伤的一车一车往后方运，阵线始终没有变动，刘快腿在车站上骂着，土娼姨太太穿着花花绿绿的衣服，手里拿着手枪也跟刘司令一样咒骂着兄弟们没有用。

"要是刘司令在前边，这工夫不到横道河子也到一面坡啦!"

"就是不到一面坡，也早坐上火车退到五站啦!"弟兄们讥讽着，撇着嘴。

一个钟头，两个钟头过去了，炮火越来越激烈，死的受伤的越来越多，刘司令忍不住了，带着一团人冲了上去。

不到一个钟头，电话来了——

"第二营占领了敌人的铁甲车，没有人会开，快派人来!"

"刘司令倒是能打，一上去就有进展。"

弟兄们的嘴角都咧到耳朵上去了，讥嘲谩骂都听不见了，受伤的弟兄躺在站台上，呻吟声也停止了。

不到半个钟头，电话又来了——

"他妈的，叫你们快派人来，开车的人到啦，铁甲车又叫××鬼子抢去了！"

下午两点多钟，敌方的援兵到了，开始向我们反攻。张总指挥同他的瘸腿参谋俯在地图上，拿铅笔画着进军的路线，桌上的电话铃响起来。

"喂……呵？怎么？……"

不行啦，我们得赶快退却……"

"一步不许退！死守牡丹江桥！"

"不行呵……我……我的弟兄快死光了……"

"死守江桥！死守！退却就结果你！"张总指挥把电话放下不再理会他。

当嘟……当嘟嘟嘟……电话铃又响起来。

"喂，谁？"

"我是刘司令……"

张总指挥把电话摔在桌面上，迈着大步在屋里绕圈子，电话机还在那里不停地讲话："不让退却，老子拉出去抱山头①了！老子不干这一份了！……你们自己上来打打看！……"

四、张包拿着四个苞米面饼子去了

自牡丹江失守后，义勇军的活动范围更小了，弟兄们闹了一次武力索饷，张总指挥就丢下军队，丢下老百姓，一个人骑着大马走出国境，绕道海参崴回他的老家享福去了。

宣传部的赵铎几次想回家，走到半路上都被枪子追回来。邹素寒

---

① 抱山头：即上山做土匪。

变成了酒鬼，一喝醉就躺到铁道上去睡。

五站的市民简直成了热锅上的蚂蚁，人人都走投无路，大烟①公开了，赌也公开了，戒严司令部在街头用铡刀铡人了。

有一天警察忽然跑出找张包，张包逃到三道洞子。前面俄国，再不能向前走一步，后面是祖国，祖国也不能回来了，既不前进也不后退，留在三道洞子是要饿死的。为什么警察要找他呢？谁也猜不出这里面的道理。

第二天张包派人来到电话局找大个刘，说快送点吃的给他。

大个刘同另外一个小朋友凑了一块二角钱，又拿了四个苞米面饼就要给张包送去。

出五站街沿着去海参崴的铁道走，这他们是知道的，可是到了三道洞子，全是荒山，到哪儿去找张包呢？

"我们唱歌吧。"小朋友忽然想起，"他听见我们唱歌自然会晓得我们来了。"于是他们唱起歌来。

"起来吧！辗转在铁蹄下的中华民族……"

这歌声漫过山坡，漫过树木和河沟，在远处飘荡着。

"起来吧！……"

啪……山顶上一声枪响，他们这才晓得已经到了俄境，很快地回头就跑，刚跑了几步，看到张包从旁边的一个山头上笑嘻嘻地下来。

他们把钱和苞米面饼子一道交给张包，张包马上吃了两个，肚子不饿了，他们就在山坡上坐着直谈到天黑。

这天夜里，张包离开三道洞子到宁安去了，他去参加王德林的队伍，要在最近占据宁安。

---

① 大烟：即鸦片。

流民三千万 (歌词)

殷红的血，

映着火热的太阳，

突进的力，

急跳着复仇的决心，

我们是黑水边的流亡者！

我们是铁狱里的归来人！

暴日的铁蹄踏碎黑水白山，

帝国主义的炮口，

对准着饥饿的民众，

青天已被罪恶的血手撕裂！

长空飞闪着血雨腥风！

我们衔着最大的仇恨，

我们拼着最后的决心，

洗清我中华民族的国土！

开辟条解放奴隶的道路！

话剧《流民三千万》主题歌。

作于1934年夏，上海，冼星海1935年谱曲。

救国军歌

枪口对外，

齐步前进！

不伤老百姓，

不打自己人！

我们是铁的队伍，

我们是铁的心，

维护中华民族，

永做自由人！

装好子弹，

瞄准敌人！

一枪打一个，

一步一前进！

我们是铁的队伍，

我们是铁的心，

维护中华民族，

永做自由人！

作于1935年，上海，冼星海谱曲。

农民进行曲

拿起镰刀，

举起锄头，

不分男和女，

不分老和幼。

中国人都要起来！

中国人都要报仇！

守着自己乡土，

不做亡国奴！

倾家荡产，

拼着血肉，

镰刀砍狗腿，

锄头铲鬼头。

反正是不得好活！

反正得复这个仇！

人人都要起来，

人人要复仇！

带着儿女，

牵着耕牛，

一齐上火线，
一步别落后。
反正是不得好活！
反正得复这个仇！
人人都要起来，
人人都要复仇！

作于1935年，上海，冼星海谱曲。

苦命人 (河北民谣)

女：我问你呀，过的呀，
　　什么样儿的日子呀？
男：我们是少衣，没有穿哪！

男：我问你呀，受的呀，
　　什么样儿的罪儿呀？
女：我们是空空的饿肚皮呀！

女：我问你呀，遭遇了，
　　什么样儿的事儿呀？
男：我们是国破，家也亡啊！

男：我问你呀，苦命人，
　　你的丈夫到哪儿去啦？
女：我的丈夫，打仗死啦！

女：我问你呀，庄稼汉，
　　你的亲人到哪里去啦？
男：他们是东奔、西散哪！

男：我问你呀，苦命人，
　　到底你打算怎么办？
女：我过了今天，挨明天哪！

女：我问你呀，庄稼汉，
　　今后你打算怎么办？
男：我是讨饭，走四方啊！

男：我们哪，都是呀，
　　可怜无靠的人儿呀！
女：携手成双，另找活路哇！

男女：我们哪，都是呀！
　　　可怜无靠的人儿呀！
　　　携手成双，另找活路哇！

男女：说得是呀，快走吧，
　　　时光已经是不早啦！
　　　一个新郎，一个新娘啊？

男女：迈大步哇，向前闯，
　　　谁是我们的抵挡啊？
　　　今天命苦，明天享福哇！

作于1935年，上海，冼星海谱曲。

心 头 恨

种子下地会发芽，
仇恨入心也生根，
不把敌人杀干净，
海水洗不清这心头恨。

十冬腊月喝凉水，
一点一滴记在心。
拉起手来齐抵抗，
受辱的百姓是火炼的心。

打死一个算一个，
打死两个不亏本，
一个当十十当百，
要活命的一齐向前进！

作于1935年，上海，贺绿汀谱曲，1940年后冼星海谱曲。

谁来跟我玩（儿歌）

谁来跟我玩啊，

搭伙铸泥钱啊，

泥钱铸得好哇，

人人吃得饱哇，

吃饱没有用啊，

是个大饭桶啊！

饭桶人人骂呀，

拿钱去买马呀，

买马买不到哇，

买了飞机和大炮哇，

大炮响隆隆啊，

打跑日本兵啊！

作于1935年，上海，冼星海谱曲。

炭 夫 歌

穷光蛋哪，哟呼咳！

来烧炭哪，哟呼咳！

炭出窑哇，哟呼咳！

不来钱哪。哟呼咳！

从早烧到晚哪，哟呼咳！

越穷越是忙啊，哟呼咳！

家里没有米呀，哟呼咳！

不干怎么行啊，哟呼咳！

烧炭，受穷，哟呼咳！

受穷，烧炭，哟呼咳！

受穷受穷哟呼咳！

越干越穷哟呼咳！

越穷越干哟呼咳！

越穷越干哟呼咳！

火烧炭哪，哟呼咳！

烟熏眼哪，哟呼咳！

火烧窑哇，哟呼咳！

我心焦哇，哟呼咳！

心焦没有用啊。哟呼咳！

烟熏两眼红啊，哟呼咳！

老婆跟人去呀，哟呼咳！

孩儿没有娘啊，哟呼咳！

不干，受穷，哟呼咳！

干也受穷，哟呼咳！

受穷受穷！哟呼咳！

活不了啦哟呼咳！

活不了啦哟呼咳！

大家拼命哟呼咳！

话剧《太平天国》插曲。

作于1935年，上海，冼星海谱曲。

打 江 山

打打打打打！
打打打打打！
打平天下！
斩尽敌兵！
万人平等！
我们在穷里长大，
我们在苦里生成，
不管你敌兵百万，
敌不过穷人拼命！
打打打打打！
打打打打打！
打平天下！
斩尽敌兵！
万人平等！

话剧《太平天国》插曲。
作于1935年，上海，冼星海谱曲。

耕 农 歌

天干土硬地难耕哦!
犁头比不上那收租的拳头硬哟!
噢!吁!（铎）吁!（铎铎）（拍）

一年哪播下三季种哦!
不是水灾它闹蝗虫哦!
噢!吁!（铎）吁!（铎铎）（拍）

水旱虫灾我都逃过哦!
临秋收啦又闹大兵哦!
噢!吁!（铎）吁!（铎铎）（拍）

大兵抢去我的粮食喂战马哦!
抽夫抽捐哪闹不清哦!
噢!吁!（铎）吁!（铎铎）（拍）

一家子饿得干柴瘦哦!
白白地累死我的老耕牛哦!
噢!吁!（铎）吁!（铎铎）（拍）

作于1935年，上海，冼星海谱曲。

全面抗战

敌人从哪里来，
把他打回哪里去，
敌人从哪里进攻，
把他消灭在哪里。
神圣的抗战已经展开，
全国的大众要紧紧地结成一体，
消除一切私仇，
对外抗战。
我们的血要流在一起，
快武装起来，
四万万同胞，
用我们的血肉和新的武器，
抵抗到底，
把侵略者赶出中国去，
争取最后的胜利！

作于1937年，上海，贺绿汀谱曲。

谁敢夺我一寸土地

敌人从哪里来，

打他回哪里去，

敌人从哪里进攻，

将他消灭在哪里！

中华民族是铁的集体，

谁敢夺我边疆一寸地！

兵士们，

向前冲，

我们的国家再也不能受欺，

同胞们，

快起来，

我们的国家要求自由独立！

敌人从哪里来，

打他回哪里去，

敌人从哪里进攻，

将他消灭在哪里！

中华民族是铁的集体，

谁敢夺我边疆一寸地！

作于1937年，上海，贺绿汀谱曲。

保卫卢沟桥

敌人从哪里来，

把他打回哪里去！

中华民族是一个铁的集体！

我们不能失去一寸土地！

兵士战死，

有百姓来抵，

丈夫战死，

有妻子来抵！

中华民族是一个铁的集体！

我们不能失去一寸土地！

敌人从哪里来，

把他打回哪里去！

话剧《保卫卢沟桥》主题歌。

作于1937年，上海，冼星海谱曲。

抗敌先锋队

国土在我们脚下，
敌人在我们眼前，
救亡的责任担在我们两肩，
全国的大众拥着我们向前！

子弹飞出了枪口，
打中敌人的心坎，
救亡的责任担在我们的两肩，
全国的大众拥着我们向前！

哪怕你飞机大炮，
轰不碎铁石的肝胆，
救亡的责任担在我们的两肩，
救亡的阵线跟着我们开展！

作于 1937 年，上海，贺绿汀、王洛宾分别谱过曲。

赴 战 曲

起来吧！
被蹂躏的中华民族，
起来吧！
呻吟在铁蹄下的奴隶！
失掉了土地，
我们拼命向敌人夺取！
失掉了家庭，
一齐冲向敌人的战壕里去。
我们有多少的财富，
都被敌人抢去；
我们有多少的弟兄，
死在这伟大的斗争里！
总有一天，
大地上的一切，
向敌人清算这笔血债！
总有一天，
属于我们自己！
起来吧！
被蹂躏的中华民族！
起来吧！

呻吟在铁蹄下的奴隶！
拿起枪杆，
拿起所有的武器，
冲向前！
冲向前！
冲向前去！
总有一天，
向敌人清算这笔血债，
总有一天，
大地上的一切属于我们自己！

作于1937年，冼星海谱曲。

洗 衣 歌

我给抗日战士洗衣裳哦！
男的打仗女的来帮忙啊！
是的这样，对啦这样，
哎哟哎哟真脏！

我给伙伴洗衣裳啊！
自由的歌声荡在田庄上！
是的这样，对啦这样，
哎哟哎哟真脏！

拧干烫平破衣裳啊！
打仗是争取民族解放啊！
是的这样，对啦这样，
哎哟哎哟真脏！

洗了袜子补衣裳啊！
洗清了耻辱烫平了伤啊！
是的这样，对啦这样，
哎哟哎哟真脏！

打呀夺回你的家呀，
捉来的汉奸用刀杀呀！
打呀夺回我的家呀，
把东洋鬼子喂王八！

　　作于1938年1月，山西临汾，王洛宾谱曲。

血 花 曲

噼啪噼啪子弹在爆炸，
血花血花洒遍天涯。
要千百万青年的牺牲，
支持这全面抗战，
要千百万青年的热血，
灌溉这自由的鲜花！
血花血花，
燃烧起民族自救的火把，
保卫我四万万同胞，
保卫我五千年历史的中华！

　　　　　　　　　为血花剧团写的团歌。
　　　　作于1938年夏，兰州，王洛宾谱曲。

少年进行曲

少年，少年，
新中国的少年！
不怕苦，不怕难，
不怕敌人的凶残。
我们从抗战里生长，
一切都为了抗战。
少年，少年，
新中国的少年！
抗战，抗战，
胜利就在眼前！

作于1938年，兰州，王洛宾谱曲。

老乡，上战场

打起火把拿起枪，
带足了子弹干粮，
赶快上战场！
日本强盗四处杀人抢掠，
多少城镇都被他们烧光。

打起火把拿起枪，
带足了子弹干粮，
赶快上战场！
驱逐日本强盗赶快滚蛋，
才能挽救中华民族危亡！

打起火把拿起枪，
带足了子弹干粮，
赶快上战场！
日本强盗实在残忍猖狂，
争生存的烽火已经高扬！

要活命的别彷徨，
老乡们要求解放，

只有上战场!

作于1938年，山西临汾，王洛宾谱曲。

抗战教育

千百万的民众没有受过教育，
千百万的青年没有找到先生。
抗战更需要教育，
教学的经验就是我们的先生。
我们把学校送上门来，
做先生又做学生。
抗战建国的目的，
是我们全部的教程。
在敌人的后方也开满了学堂，
我们在抗战中生长，
播种在前方后方。
敌人的飞机大炮，
增强我们的力量。
新中国教育的基础，
建立在民族解放的路上！

作于1938年12月，延安，公朴写意，冼星海谱曲。

满洲囚徒进行曲

铐镣锁得紧紧，
刺刀逼准我们心，
为争取民族生存，
我们在生死线上前进！
苦刑培养出更深的仇恨，
这里并没有亲朋骨肉之分，
受难的弟兄全是一家人。
北满的原野烧着火红的太阳，
仇恨煎熬着心上的创伤，
向前，向前，向前，向自由，
脚镣打得尘土飞扬，
脚镣打得祖国的大地动荡。
战士的血迹在前方，
它指示着自由的道路，
指示着中华民族的解放！

　　　　　为话剧《流民三千万》补写插曲。
　　　　　　作于1939年延安，冼星海谱曲。

抬 土 歌

哎哟嗨哟！哎哟嗨哟！

重重的担子抬哟上肩哟，

是人是鬼咱回头见哟，

哎哟嗨哟！哎哟嗨哟！

死难的在前边，

活命的加劲干。

哎哟嗨哟！哎哟嗨哟！

日头落西山，

天昏地又暗哟，

一声霹雳响，

头上现青天。

哎哟嗨哟！哎哟嗨哟！

为话剧《流民三千万》补写插曲。

作于1939年，延安，冼星海谱曲。

三八妇女节歌

冰河在春天里解冻，
万物在春天里复生；
全世界被压迫的妇女，
在"三八"喊出了自由的吼声！
从此我们永远打出毁人的牢笼！
苦难使我们变得更坚定，
旧日的闺秀，变成新时代的英雄，
我们像火花，像炸药，
像天空的太阳一样光明。
武装起头脑，武装起身体，
勇敢地把自己投入民族解放的斗争里。
全世界被压迫的妇女，
在"三八"喊出了自由的吼声！
从此我们永远打出毁人的牢笼！

作于1939年2月，延安，冼星海谱曲。

张曙先生挽歌

千万人的心，
紧咬住一个仇恨！
千万人的力量，
正在消灭一个敌人。
我们光荣的同志，
谁想得到在抗战最紧迫的关头，
却失去了最需要的你。
敌人的魔爪，
剥夺了你青春的生命！
你坚决奋斗的意志，
却永远活在千万人当中。
瞑目吧，光荣的同志，
你的歌声正在广泛地传播，
它呼唤着抗战的勇士，
向敌人做英勇的斗争！
瞑目吧，光荣的同志，
你的牺牲增强了我们的民族仇恨，
你的血迹更标明了抗战尚未走完的路程！
张曙同志！

作于1939年2月，延安，冼星海谱曲。

东北之歌

同胞被杀害了，
土地被抢去了，
谁都知道我们祖国的土地是圣洁的，
祖国的空气可以自由呼吸，
从"九一八"我们衔着这仇恨，
颠沛流离。
谁是弱者？
永远甘受人欺！
勇敢的战士们，
用什么回答这仇恨？
用战斗！
坚决抗战到底，
赶走日本帝国主义。
它破坏了我们的幸福，
摧毁了和平的东方，
我们不做无耻的逃生者，
我们不是可以驯服的牛马，
敌人加给民族的摧残，
反而使我们更加坚强！
勇敢的战士们，

不管枪林弹雨，
勇敢的战士们，
不管前方后方，
叫鬼子在我们的枪下一齐死光，
叫疯狂的日本帝国主义
在和平正义的面前灭亡！

作于1939年，冼星海谱曲。

开 荒

开荒咳嗨哟呵开荒，

趁着天气不冷不凉，

趁着太阳照在头顶上咳嗨哟，

趁着泥软土又香咳嗨哟，

趁着春天好时光咳嗨哟，

在田野咳嗨哟，

在山岗咳嗨哟，

全边区的人民，

开荒咳嗨哟呵开荒，

准备自己的吃穿，

准备充足的抗日军粮咳嗨哟！

作于1940年，延安，向隅谱曲。

准备反攻

正逢到七月七呀，
天上的牛郎会呀织女，
自从卢沟桥抗战起，
人人的心里只想杀敌。

正逢到七月七呀，
人人的心里只想杀敌，
越能打仗越是好汉哪，
前线胜利是第一。

抗战到了相持阶段，
鬼子失掉射击力，
游击队全出动啊，
来它一个猛攻击。

抗战四年多呀，
越打越有主意，
扩大了抗日根据地，
平原也打游击。

平地上挖战壕唔，
机械兵团不能跑唔，
不管坦克车和大炮，
它们战壕里逃不掉唔。

遍地是长壕和深坑，
害得鬼子兵不能动，
游击队有了掩护，
猛打猛攻地自由活动。

抢鬼子的枪，
夺鬼子的炮，
男女老少都武装好，
偷电线，
扒铁道，
挖了深坑挖长壕。
电话不灵，
铁道不通，
叫鬼子兵一步也不能动。
通消息，
探敌情，
婆婆妈妈都有用。

从太行山到五台山，
从深山密林到平原，
这边也打那边也干，
满山遍野是游击战，
敌人凶我们更蛮，

打不走鬼子咱没有完。

发扬民主，
促进宪政，
男女老少都平等啊，
不实行宪政，
怎发动民众，
不消灭汉奸，
怎准备反攻！

用政治斗争，
用军事斗争，
把汉奸走狗们都肃清！
打倒汪精卫，
铲除卖国贼，
青天白日下，
不容这丑类。

新的战斗，
需要全民族新的觉醒！
了解自己，
团结自己，
把落后的意识肃清，
才能和敌人做有力的斗争！

开展宪政运动，
发动全体民众！
早日消灭障碍，

赶快准备反攻！
新的战斗，
需要全民族新的觉醒！
了解自己，
团结自己，
把落后的意识肃清！
了解自己，
团结自己，
才能和敌人做有力的斗争！

作于1941年，延安，郑律成谱曲。

狱

人　　物　司法警二人。甲五十左右，一老有经验者。乙二十二岁，
　　　　　新当司法警的穷诗人。队长姜仁厚，做秘密工作的国民党
　　　　　员，囚犯多人。

时　　代　现代晨曦之前。

地　　点　大都市。

布　　景　监狱前面竖着一排黑的铁柱，中间有门，一把大锁钳在上
　　　　　面，背后正面一小窗，透进死灰色的月光掩护着铁柱下狰
　　　　　狞的面孔，右前方门外射进的灯光，照住狱的一角。二司
　　　　　法警着黑制服，背着枪，他们的步伐又严肃，又缓慢地来
　　　　　回走着。囚犯们在铁柱后睡着，时而转动一下，发出深长
　　　　　的叹息，间杂着惨厉的呻吟与镣铐的移动声。

司法警乙　（看表）快三点了，再过一个半钟头我们就可以换班。（后
　　　　　台有脚步声）——你听，这不是第二队卫队刚刚出发。
　　　　　（死般严重的黑暗躲在墙角，一阵可怕的沉默从屋顶压下
　　　　　来，他们的步伐又严肃，又缓慢……）

囚犯一人　（在黑影里慢慢立起，一手把住铁柱）老总！我请——请
　　　　　您……

司法警甲　坐下，他妈的，有事等明天！

司法警乙　你对犯人这样刻毒？

司法警甲	唉——来，我们抽支烟吧！
司法警乙	不想，你自己抽吧。
司法警甲	——以前我初到这里，也是觉得一个活人被关起来是很可怜的，因此他们要求什么，在可能的范围内，我总帮他们做到，可是后来我发现他们有时假借着小便或什么小事情，搜寻逃狱的机会，像这样，你拿怜恤人的好心，岂不反招祸了吗？
司法警乙	也不见得个个人都那样坏吧，这是你吃过一次坏人的亏，你就以为人人都是一样坏了。
司法警甲	不，凡送到这里的，不是小偷就是强盗，要不就是杀了父母的逆子，你想，好人能够做出这种事吗？就拿我来的第二年说吧：八月十三那天侦缉队送来两个盗案，在没事的时候，我探听他们的经过，里边有个姓张的，从前也是一位阔少爷啦。
司法警乙	真奇怪，阔少爷也会当了强盗吗？
司法警甲	你听我说，他们县里的县知事，勾结地方绅士们做过一件违法的事，当时人人都恨得不得了，只是拿他没有办法。于是联络了几个庄子的农民，打算把这违法的县知事赶走，哪想事先这消息被对方知道了，在他们着手之先县知事已经派人去逮捕他了。他是逃走了，只可惜那些无辜的乡民，不清不白地被戕杀了不少，从他母亲送他逃走起，他改换了姓名，就在山里边组织胡匪，想将来能借一点力量回家去报仇，有时为着使胡匪们相信他，也跟着人家去抢抢劫劫的，他却丝毫也不是为着得钱，但是，没有等到报仇，他的盗案又犯了！
司法警乙	那么他组织胡匪去报仇的话，没有对法官说吗？
司法警甲	说也是白说呀，他已经承认了他是匪首，并且抢过什么地方什么地方，都有证据。

司法警乙　后来怎么样？

司法警甲　原先我是很同情他的呵，无论送信或买什么东西，我都替他办得很周到。我不是对他这样好吗？可是有一次真出人意料啦，他趁人不防备，唆使几个囚犯冲进仓库去，抢了军械炸药，其余的囚犯也响应起来，居然想"炸狱"呢！

司法警乙　嗬！——他们逃出了没有？（惊喜地问）

司法警甲　可不是嘛，若不是卫队赶来得快，我的老命也许没有了，整整打了两个钟头，才把他们又关到狱里去。

司法警乙　唉！卫队就是有这样的用处吗？……（望着黑处自语）

司法警甲　你说什么？

司法警乙　没——没有说什么。

司法警甲　从此以后，我再也不敢同情犯人了，凡是送到这里的，没有一个好东西！

司法警乙　哼。（二人沉默，甲燃着一支纸烟抽着）

司法警甲　——可是人心总是人肉长的，不久那姓张的——就是刚才说的那个人哪，他的母亲由山东跑来看他，差不多是八十左右的老婆婆啦，我看了他们母子抱头对哭的那种情形，还是有点心酸哪，后来他又告诉他母亲说："请您放心，我出狱后无论怎样也要回家看望您老人家去。"——那时他母亲走后不到一个月吧，下着大雪的一天晚上，被司令部的几个士兵拖到马车上，拉出去——枪毙了！——这狱里从经过这事以后，我心里总像有块暗影遮盖着似的，有时值夜班，我不知道是睡着了还是醒着，当模模糊糊地看见他混在囚犯里面，一切都和从前一样，还是穿着他的破污的灰布衫，散着发，那两只眼睛呵，深陷得像鬼眼！还是那样慢慢地伸出他的手来，招呼我替他做什么事——就是那个门缝里，有两次看见他伸出手来，有时我为着要证明倒是醒着还是做梦呢，特别用力睁大我的两眼，等我看到墙上挂着的那副脚镣时——唔，这时我心里又糊涂了一阵。那副脚镣就是他从前戴过的呀！

司法警乙　就是这个？

司法警甲　是，在那副脚镣上有过这么一件可怕的事！（支着枪打盹儿，乙在对面墙角靠着脚镣站着，附近工厂的汽笛响）

司法警乙　汽笛又响了，我真是怕了它呢！每次听见它响的时候，总不能禁止我的脑子去想，那浮动在夜色里的黑漆似的工厂，那灯影下准备去做工的男女们，是怎样拥挤着走进工厂里去；还有那些正给孩子喂乳的母亲，也一样地推开她们的孩子，不得不慌惶着去做一天只赚得四角钱的零工……假若在一个新的世界里，这声音将成为力的最高表现，也可说这就是人类幸福的吼叫！可是在这资本主义下的工厂，同样的声音也就变成敲骨吸髓的恶毒的声音了……（汽笛再响）

——它的声音是拖得那样长，这音浪在空中飘过的时候，不是和被人血染红了的带子在空中飞舞着一样吗？说不定在那一天，穷人的性命全要被这东西吞灭了呢！

司法警甲　刚要睡点觉，你一个人又捣什么鬼？

司法警乙　我听见工厂的汽笛叫，引起许多感想，不知不觉地说出来了。真的，说不定在哪一天，穷人的性命全要被这东西吞灭了呢！

司法警甲　爱胡思乱想的人，常说出使人莫名其妙的梦话。工厂的汽笛又有什么稀奇？我看守这监狱快二十年了，天天听它叫，也许是我的耳朵听得太熟了，有时简直不甚理会，就像没有这声音一样，我还是来回走着。只不过从枪毙了那姓张的以后，我虽不怕什么，心里总是疑神疑鬼的。——喂，你看着钟点，让我睡一会儿啊！

司法警乙　好！

（囚犯们在狱内转动，又是一阵可怕的呻吟与镣铐的移动声，司法警乙深思地来回踱着，最后停在墙角处靠着脚镣站着，沉思片刻）

——假若人死了真有知觉，有灵魂，世界也许不会沉沦到这样吧？……趁噩梦占据着黑夜的时候，那些为争自由而死的灵魂，不是早就可以踏死那剥削民众的恶棍了吗？就是那些审判被穷困压下来，不得已而做强盗的法官们，也到了他们焚毁法律，对着自己的良心忏悔的时候了！……（对面有黑影在墙上出现，他缩着身子走到那边）——老周，我真有点害怕起来了！

司法警甲　怕什么，哪一天值夜班还不是这样。

司法警乙　我有一种奇异的感觉，今晚一定有什么不幸的事要发生，刚才那声音不像是带着血的吗？——呵，要真到天空飞散着血腥的那一天，那是多么恐怖的事呵！

（对面黑影，用手枪对准放的样子）

——（乙装好自己的子弹，手执着枪把）老周，我们起来走动一下吧，怎么我觉得像有人似的。

司法警甲　别——别大惊小怪的，犯人都好好地睡觉，外面的墙又那么高，不用说别的，你——来这么久，看见过有一只乌鸦飞到这院子里来吗？

司法警乙　不要瞎扯，你知道，墙高是挡不住人心的。

（乙说着走去，甲悄悄起来，来回查看了两遍。乙入）

司法警甲　没有什么吗？

司法警乙　没什么，天就要亮了。

司法警甲　（换一口气）我刚当差的那几年，要特别留心的是盗案，因为这些人，虽说关在狱里，你若稍不谨慎，还是常闹乱子呢！——近两年来，有些案子简直把我闹糊涂了，我也……

司法警乙	别说了，每次同你值班都这样讨厌！
司法警甲	可是我问你，近来被送到这里的，有的是大学生，还有大学里的先生，据说他们秘密组织什么会，预备——怎么着捣毁机关？也有些是在街上讲演，散传单被逮捕的，他们都是很明白道理，也懂得法律的人，为什么做出这种事呢？
司法警乙	（不耐烦）那是他们爱作！
司法警甲	哪一个谈起话来都是有条有理，他们的家里又不是没有吃穿，这样捉来枪毙的也有的是，难道他们不怕死吗？
司法警乙	怕死？当一个人要做比死还重大的事的时候，也许就顾不得怕死了呢？（门外灯忽暗，听得有手枪声，灯再亮时，甲已倒地毙命，队长用手枪对准乙）
队　　长	抬起手来，不要动！（将乙肩上的枪除下）
司法警乙	是——是……
队　　长	把狱门开开——快！
司法警乙	门——我是要开的，但是——
队　　长	但是什么？……
司法警乙	您……您贵姓？
队　　长	姓姜。
司法警乙	呵，你……你就是那姓张的，你的灵魂还没有死吗？难道你还想报仇吗？呵呵！逮捕你的那个县知事也许早就不在这个世界上了，而且，看守你的那个人不是已经被你打死了吗？
队　　长	别胡说！快!!
司法警乙	哼，怎么你的声音像姜队长？
队　　长	是，我是姜仁厚。
司法警乙	队长，怎么你？
队　　长	快！昨晚有我们的同志被送到这里，听说司令部要在天不亮的时候，秘密提出去枪毙，他们，你，快把这门开开！

司法警乙　呵呵——我……我开门！

（囚犯们在铁柱后翻转过来，一面像深谷的回声一样地吼着，一面用臂力把狱门冲开，在暴烈的热情中，有哗啦哗啦的镣铐的解脱声，也有的从铁柱后伸出胳膊来，一手把住铁柱，锁链子还挂在手腕上，此时灯光变红。远远高原上有夜风传来的歌声）——

　　　　睡了的醒来，

　　　　被驱使的——

　　　　翻转身来！

　　　　你们跟随着我，

　　　　来！来！

　　　　既醒的不要再睡，

　　　　起来的不要再徘徊，

　　　　打开时代的铁狱，

　　　　抱住战栗的世界！

（囚犯们，队长，司法警乙同唱）

　　　　——我们有的是力！

　　　　——我们有的是热情！

　　　　——我们要重换个世界，

　　　　——我们的气势凌空！

　　　　过去的还他过去，

　　　　凭双膊——

　　　　建设新的未来！

　　　　——过去的还他过去，

　　　　凭双膊——

　　　　建设新的未来！

（幕落）

夜雨（独幕悲剧）

时　　现代初秋的雨夜。

人　　老工人，妻，幼子，邻人，讨债人甲、乙、丙。

地点　大都会的繁荣伸展不到的陋巷里靠近一家下等酒馆的一个失业工人的住所，破板门紧闭着，床上堆着烂棉絮和一个油渍的臭枕头。屋中央有一张八仙桌，一条板凳，桌上散置着孩子的衣物、包药纸、破了边的碗盏和油烟熏黑了灯罩的火油灯。进门的屋角处有一个喂猪用的破木槽，孩子手抓着一只香烟盒，睡在里边，另一个屋角堆着些破烂家具，一把生了锈的铁铲横躺着，铲柄上覆着很厚的尘土，一看就知道这东西是多少日子没有人动过了。窗外漆黑，晚风咝咝地叫着，少顷雨至，雷闪一次紧急着一次，破窗纸在窗棂上扑啦扑啦地发响。开幕前，先听到许多人吵闹的声音，听语气好像有讨房租的房东、讨米钱的米店伙计和讨药钱的药店里的小伙计，你一言我一语闹成一团。

幕　启

甲　　（靠床坐着）快两个半月了，你自己算算看，靠什么人的面子住房子不出租钱？我们收不到房租，你叫我们喝西北风活着吗？

妻　（燃着一支火柴，点起桌上的火油灯）张大爷对不住，我们实在没有钱，我知道约定你今天来，还是没有办法，可是我不约定今日又怎么办？

甲　你说怎么办？随你怎么办，我是不能再跑了，看样子是非让我逼着你们搬家不成？

乙　（站在床的一头，他本来是和丙交谈着）哎哎，别装聋，米钱怎么样？

妻　没有钱，你没听到吗？

丙　（从乙身后挤到前边来）没有钱就别生病，生了病你就没有想想吃药也得花钱吗？你只知道吃药能够治好病，为什么不想想吃药就得花钱呢？

妻　（气极）什么话？穷人没有钱吃药，还没权生病吗？（语气略转和平）我已经托人去借钱啦，他还没有回来，现在你们就是逼死我，也不会从我身上逼出一个钱来呀！

乙　那么好，我们就坐在这儿等他回来好啦。（一屁股坐在板凳上）

丙　要等到什么时候呢？

妻　天就要下雨，我知道他什么时候回来？

甲　（酸溜溜地）不要调那些花枪，你老老实实地告诉我们几时有钱，这比什么都要紧。

妻　我老老实实地对你们说过了，今天没有钱，我再说一遍，今天没有钱，听见没？

乙　没有钱，你还嚷什么？难道你不知道我们是来要钱的吗？我告诉你，你就是嚷破了嗓子，也抵不过一个铜板有用。

丙　（紧接着）那么到底几时呢？

妻　我知道几时呢？反正今天没有钱。要命你们拿去好啦。

乙　你这母狗，叫什么？合上你们一家子，这几条狗命统共两个铜板吗？

妻	（大闹起来）你们到底要怎么样？我没有钱，就是没有钱，随你们怎么办吧！这受罪的日子我也过够了，我想我还活着干吗呢？没有钱，丈夫没有事做，又生病，好，房子不住啦，饭也不吃啦，药也不吃啦，反正我的病是不会好的，要什么东西你们都拿去！要命也拿去！高兴把我送去吃官司更好！（要哭出来的样子）
甲、乙、丙	哎，这是怎么回事，没有钱，没有钱就算完了吗？
乙	你再想想办法了，你说哪天准有钱，我们就是多跑一趟也不要紧。
妻	（看他们软下来，也变得和平些）既然这样，那就明天来，明天——下午两点以后。
甲	明天一定有？
妻	（迟疑了一下）一定有。
丙	好，那么我们走吧。
甲	（预备走）本来嘛，一共没有几块钱，不是没有办法的事。
乙	明天可要一定有呵。
妻	（送到门口脸向外）一定有。对不起你们呵，又叫你们白跑一趟。（回身走向床去坐在床沿上）天晓得明天钱从哪里来！（深深地嘘一口气站起来刚要整理桌上的东西，孩子哭了，她带着敌意走近木槽一边骂着）鬼东西！你还不死！催命鬼哭什么？（坐在木槽上，拍着孩子）宝宝不要哭，等爸爸赚钱回来买花衣裳，买糖吃，（孩子不动了）她懒懒地拉一条凳子靠窗口坐下，两眼凝视着黑暗的屋角，背靠着窗，一动不动，窗口窜进的风吹乱她的头发，她任它在脸上飘来飘去，也不去理会。 雨越下越大，风越吹越急，闪光撕破黑夜的面孔，怒雷震撼得全世界都在战栗。她屏着气息，竭力压制下心头的烦乱，慢慢闭上眼…… 雨声里传来醉语，模糊得听不清字句，偶尔有几个字特别响

亮，一会儿又断续地隐没在雨声里。

妻 （起始感到不安）……

声音 （沙哑而枯涩）……你——你们……这些鬼！我欠不下你们的酒钱，……哼……哼……哇！哇（呕吐）……小二会给我六个铜板，六个……嘿嘿嘿嘿……

妻 （烦躁地站起，两手拿在胸前，用力把动着手指。由于过度的激怒与积愤，她烦躁地要叫出来，但她不知道叫什么好，只是焦躁烦乱地一口一口地嘘着气，不安定地走动着）

孩子 （哭，小腿重重地踢在木槽上）

妻 死鬼！你哭妈妈的丧吗？

孩子 （哭更甚）

妻 （望着孩子苦笑，近乎狞恶地猛然抱起孩子狂吻）

孩子 （嘶声地哭）

妻 孩子——孩——妈妈爱你——妈妈……妈妈对不住你——（说完又吻，痉挛地把孩子放回木槽，孩子挣扎着哭得变了声音，只见她全身战栗着，两手捏紧着孩子的脖颈，眼睛失了光，嘴里错乱地叫着）孩子……妈妈……妈妈……孩……子……

孩子 （哭声止了，小腿蹬了两下再也不动了）

妻 （呆了坐在木槽边，惊慌过后的眼睁大着，张着嘴，呼吸也停滞了）

声音 （唱）

没有钱是穷鬼，

没有饭吃是饿鬼，

喝醉了是酒鬼，

死了是冤枉鬼！

喝醉了是酒鬼，

死了是冤枉鬼！

另一声音 老王，这大雨你还不回家，又喝醉啦？

声音 呵？呵？我——我没喝醉，哇，哇！（呕吐）

另一声音 没有喝醉，你躺在泥坑里干吗？快回去吧！

声音 呵？呵？回家……

（少顷，突然有个很重的声音摔在门上，妻一开门，扑通一声，一个五十来岁的老头子倒在门口，他醉得像烂泥一样，头发粘在脸上，发梢滴着水，一身湿淋淋的满是泥泞）

妻 （扶之上床给他脱下鞋袜）

夫 滚开，（一脚踢开妻）呵……哎……你这混蛋，你总是看着我干吗？

妻 （僵立着无语）……

夫 嘿嘿嘿嘿……（苦笑，顺手抹一把脸上的雨水甩到妻身上）

妻 （后退一步）你睡一会儿吧。

夫 呵？……

妻 你睡着不是会好一点吗？

夫 我……我睡觉？……哼——不。呵……扑！（一口酒气向妻喷去）

妻 不好过你就安安静静地躺一会儿吧。（拉开破棉絮预备给他盖好）

夫 滚开，你这老母鸡！我……一把捏死你！（一翻身抱住又臭又脏的枕头）——嘿嘿！嘿嘿哈哈哈哈！宝宝，叫爸爸，叫爸爸，（手拍拍枕头）爸爸买……买花衣裳——嘿嘿嘿嘿……

——哈哈哈哈！

——哈哈哈哈！（愈笑声音愈高，泪水在他眼角里闪着光）

妻 （不能克制地站在对面，眼泪愈流愈多，身子渐渐软瘫下去）……

夫 宝宝，叫爸爸，爸爸买……买花衣裳……

——哈哈哈哈……

——哈哈哈哈……

妻　（忽然他起来，夺下枕头扔在一边）你不要老糊涂了，那不是宝宝，宝宝在那儿呢，（指木槽）他死了！

夫　（模糊的）呵？不是？……

妻　宝宝在那儿呢，他死了！

夫　（惊）呵？……他死啦？

妻　死啦！

夫　（忙爬下床）他是怎么死的？

妻　病得那么厉害，几天不吃东西……

夫　（轻轻地一字一字地反复说着）他死了……他死了……他死了……（大滴的眼泪，一滴一滴地落到手背上和膝头上）

妻　（从木槽里抱出孩子的尸首，平放到桌子上，又拣出干净的衣裤给他换上，一面换着衣服一面说）他没有生病的时候，顶爱穿新衣服，我给他换上一双新花鞋，他高兴得叫来叫去地跑着、跳着，现在他是再也不会笑了！他挨不过这种灾难的折磨，他死了，死了对于他也许比活着更幸福……以后我也不再牵记着他了，不论对什么事，我要怎么做就怎么做，我自己就是两天三天不吃一点东西，我都用不着再顾虑他，我的病不能好，哪怕立刻死掉，我也用不着再顾虑，我死后没有人抚养着他了！

夫　（抹干脸上的眼泪站起）好，他死了，我们活着。（走到桌子旁看看孩子的脸，又摸摸冰冷的小手，没有讲什么话，悄悄地走向屋角的一堆破烂东西，拣出铁铲来）铲子锈成这样了。

妻　（小心地把孩子包好，递给他）……

夫　（一手抱着孩子的尸首，一手提着铁铲）从前我做工的时候，我想借这铲子一铲一铲赚来的钱把他养大，现在不但没有把他养大，倒用这铲子来掘坑埋他了！

　　（踉跄地走到门口，门一打开，风雨猛烈地吹进屋里，他怔了一下，急忙走出）

妻　　（跟到门口）你埋深一点，不要给狗吃掉了。（侧身软瘫在木槽
　　　　上，头埋在手里，窗外的风雨挟来深巷的犬吠，音弱而长，声
　　　　声惊悸得人心跳）

　　　　——汪……

　　　　——汪……

　　　　…………

　　　　（急促的打门声）

妻　　谁呀？

邻人　我。

妻　　李大哥吗？

邻人　哎，快开门。

妻　　来了。（开门，邻人入，赤脚，手撑着破雨伞）

邻人　跑了一天，找到四块钱。（掏钱放桌上）房东来过了吗？

妻　　房东、米店、药店都来过了。

邻人　（注意到她的不安）怎么，你？——出什么事了？

妻　　孩子刚才死了！

邻人　（惋惜的）这真是，我早来一会儿，买点吃的东西来，他也许
　　　　不会死的。

妻　　（苦笑）反正这孩子不会长命。

邻人　这也是没有法子的事，既然死啦，你也不必再想他啦！

妻　　（点点头）……

邻人　这几块钱，一块要顶十块用，以后再找钱就很难了，从明天
　　　　起，我也没有事做了。

妻　　怎么？

邻人　今天下午两点钟，我们厂里的老板做标金，赔掉了，他把工厂
　　　　的全部抵押出去还不够呢。在几点钟之前，他还坐着小汽车，
　　　　有小老婆陪着，耀武扬威地跑这跑那，来一个电话，说是金子
　　　　跌价了，好吧，几千人做工的大工厂马上挂上停工的牌子，汽

车给人家开走了，小老婆也溜了。那样拥有几百万财产天神一样的大老板，变得像落汤鸡一样。

妻 （想着另外一件事，冷然的）好吧——

邻人 到中秋节还不知道有几家银行倒闭呢。大街上的商店成排地上着板，这一张条子是"市面萧条，暂停营业"，那一张条子还是"市面萧条，暂停营业"的字眼。有几家大吹大擂，门前结着灯彩的商店，柜台上挤满了买主，猛一看好像生意好，其实是做结束营业的大拍卖。这种死前的挣扎，到底能支持几天呢？

妻 随便怎么样吧，现在孩子是死啦，他们都穷死、饿死也不干我的事。

邻人 真想不到厂里的大老板做标金生意，一个电话打来就破产了。
——世上各色各样的人，一个人有一个人的想头，这东西跟鬼迷着一样，他要怎样做，任谁也拉不住的。好，我该快点回去啦，你自己得想开点，孩子反正是死了，不要再把自己糟蹋坏。

妻 （送他到门口）谢谢你，这样大的雨，又麻烦你跑一趟。

邻人 哪儿的话，有一分能力，我们总是彼此关照的。

妻 你去了，慢走呵。（邻人下，她关好门，慢慢向桌子走去）——一块钱要顶一块钱用，一块钱，要顶十块钱用，一块钱，……要顶十块钱用……（她拿起钱一下一下地击着桌面）——两日的房钱，五块，米店里三块，药店里四块半……（坐桌旁，两手支着下颏，眼直看着桌上的四块钱）不一会儿，她的头向前跌在桌上，在凄风苦雨的秋夜，在阴郁的火油灯前，她一动不动地伏在那里，低微地喘息着。
（少顷，外面起了狂乱的犬吠，她以为是丈夫回来了，勉强撑持着站起，嘴里嘟念着一些重复的句子，向门走去）
——要埋得深一点，不要给狗吃掉了，宝宝，妈妈，妈妈爱你。

（门刚开了一半，急雨迎面扑到她的脸上和身上，又忙把门闭好，嘴里仍旧模糊地嘟念着，摇晃着身子预备向回走，她眼前一阵昏眩，倒在地上，呻吟着）

夫　（敲门）孩子的妈，开门……（沙哑的声音长长地透过风雨，阴郁得像鬼魂的叫喊）

妻　（呻吟）……

夫　（又敲门）开门……孩子的妈，开门……

妻　（呻吟）……

夫　（更凄楚的）开门，我……回来啦！……

妻　（咳嗽，呕血）……

　　（一阵急剧的打门声，夫破门而入）

夫　（睹状惊呆地站在门口，门敞开在他背后，夫哭着，树丛狂乱地嘶叫着，疾风挟着暴雨穿过黑夜扑向无限远，他迷惘地扶起妻，向桌子走去）

妻　（昏昏地垂着头）……

夫　（用手抹静她嘴边的血，血和着雨水滴到桌面上，他将头慢慢地抬高，瞳子显得光明而严肃）

　　——我们，要活下去！

妻　（张开眼，又无神地闭上，脸上浮起一丝微笑）

（幕徐下）

1935.9.晨

流民三千万（话剧）

（序幕曲）

——血与力的进行——

幕启前，先听到激烈的炮火声，房屋树木的摧毁声；群众的吼声唤起一排机关枪的扫射声，最后是负伤者的惨痛呻吟声。

景与人 炮火摧毁过的大街，树木被打伤了，电线杆歪斜着，电线垂在地上。两旁的房子，有的塌着屋顶，有的洞穿了墙壁。商店的橱窗也碎了，店伙计的死尸横架在窗棂上。马路中间错杂地倒着无数男女的尸首，每个尸首旁都有一堆鲜血流出。头上的太阳晒得火热，急风在天空里打着转，一只受惊的狗在巷口伸长了舌头喘息着。

有一群刚从大灾难里转来，又预备奔上死线的人们，高声歌唱着穿过街心。他们的头发蓬乱，眼里爆裂着火花，已经破碎成一条条的衣衫，顺着紫铜色臂膀的挥动，在急风里飘拂着。

他们赤着脚、裸着胸，血在他们的身上流成无数条小河，凡他们走过的地方，都留下血染的脚印。

风 呼……呼……呼……

冲锋号 嗒嗒嗒嗒嗒嘀嗒嗒嗒嘀……

群 众 杀呵……

歌　词	殷红的血，映着火热的太阳，
	突进的力，急跳着复仇的决心，
	我们是黑水边的流亡者，
	我们是铁狱里的归来人！
风	呼……呼……呼……
冲锋号	嗒嗒嗒嗒嗒嘀嗒嗒嗒嘀……
群　众	杀呵……
	暴日的铁蹄踏碎黑水白山，
	帝国主义的炮口对准向饥饿的民众，
	青天已被罪恶的血手撕裂，
	长空飞闪着血雨腥风！
风	呼……呼……呼……
冲锋号	嗒嗒嗒嗒嗒嘀嗒嗒嗒嘀……
群　众	杀呵……
	创痛的心，刻着紫红色的烙印，
	我们衔着最大的仇恨，
	我们拼着最后的决心！
	洗清我中华民族的国土！
	开辟条解放奴隶的先路！
风	呼……呼……呼……
冲锋号	嗒嗒嗒嗒嗒嘀嗒嗒嗒嘀……
群　众	杀呵……

（幕落）

第　一　幕

时	"九一八"后第一个秋天，某日下午。
景	极荒的大野上，高风常年咆哮着，地面的流沙在浑浊的秋空

下变成灰色，一眼望出去，天空常是赭黄色，微带透明的一个没有边的冷脸。在沙尘掩埋得辨不清方向的羊肠小道上，有一群一群背着小包袱赶路的人们。舞台面是一家小店，门前的枯树上只剩了一个小枝，还缀着几片绿叶，另一个干枝上挂着店家的幌子，树后放着两张八人坐的方桌，有几条板凳。上面是几块破席架成的凉棚，再靠着后方是窗子。窗外靠墙有通上二层屋顶的破楼梯，梯顶上一个小板门，看来好像上边住着人似的，窗内展开一个半间屋的土炕，炕上几个客人，斜靠着有的吃着茶，谈着新闻。窗右是门，敞开着，可以直望到里面的堂倌，跑来跑去地叫着，报告着菜单，门右边又是一个窗，窗外靠根下坐一修破鞋的老头子，埋头修补着一双洞了底的蓝布鞋子。窗内是灶，灶前立着两个大司务，一个压面，不停地用面杖连敲着面板，另一个在炒菜，炒勺打得铁锅当当响，这里边还夹杂着堂倌的叫声。

人　物　里屋炕上坐着五六个，吃着喝着谈着，堂倌来回忙着，两个大司务忙着，修皮鞋的老头子忙着，左边窗口上坐着一个，凉棚底下的方桌前坐着四个，桌上堆着几个行李卷，他们是吃着谈着新闻。

住在二楼屋顶的寡妇老婆婆五十多岁，和她年轻的儿媳妇二十来岁。

讨钱的乞丐四十多岁。

外国兵四名。

男犯十五名，女犯四名。

背着小包袱来来往往的旅客多名。

[附注]　这地方虽被外国兵征服过，外国的实力还没有伸展到这里。虽然外国兵一问起老百姓，老百姓总是很谦虚地模仿着外国兵的口气说："我的'满洲国'人。"可是外国兵一走开，我们的老百姓还是讲着中国话，讲他们心里的苦处，因此这幕

悲剧也只有在这种环境中演得更其悲惨。

大司务甲 （敲着炒勺）当当当当当……

大司务乙 （跟甲同时用面杖打着面板）叭叭叭叭叭……啦啦啦……

坐在炕上的某旅客 喂！炸酱面快点，多放大蒜……

堂　倌 （高声）炸酱面快点……多放大蒜……

修破皮鞋的老人 （不声不响地忙着）

坐在凉棚下的旅客△ 老弟，这个馒头你吃了吧。

○　　　不，我酒喝多了，头昏得很。——你算算看，一大盘烩豆
　　　　腐，五个肉包子，（一手拍拍肚子）瞧，真没有地方了。（屋
　　　　里的声音——堂倌，再来四两白干）老五怎么了，醉了吗？
　　　　（老五垂着头，伏在桌面上，脸红红的，○伸手推动他）

△　　　不要动他，他心里不好过，看不出吗？（老五翻翻眼皮又垂
　　　　下头去）

堂　倌 （在屋里算账）一百五、三百三、二百，两壶白干六百二，
　　　　总共九千整，小账二百……

两个大司务 谢谢。

○　　　大哥，你说我们好过吗？他娘的才好过呢，在关东混了十几
　　　　年，钱不能带回家去。临回家还叫外国鬼给揍掉一只眼睛。

×　　　（向△耳语）……

　　　　（旅客背着东西从屋里走出）

堂　倌 一路平安，再见啊！

旅　客 再见！再见！

老　五 揍掉一只眼，你还算有命啊，能够活命回家总是好的！

×　　　（向老五）你又想——

△　　　（制止×）不要讲！

○　　　你想你弟弟，告诉你吧，不是我，你连他的尸首都看不到。
　　　　你哭鸟！

老　五 （从桌面滚到地上，抱着头呜呜地哭）

哇！哇！（吐了满地）

坐在炕上的某旅客　老弟，再喝盅吧？

坐在窗口的旅客　（望着远方）不——走这条道的人，真不少呢，那
　　　　　　边那几个又像是回家的，（站起来看）对了，都背着小包
　　　　　　袱吗？

△　　　（向×）拿水来让他漱漱口——这条道不好，就是绕点远
　　　　路，要是走上手，这就非爬山不可，山路不熟可就危险啦。
　　　　山前边是火线，山顶有外国兵的步哨，他看着有人来了，叫
　　　　声口令，答不出就是一枪，死狗样抽两抽，断了气谁晓得？

修破鞋的老人　嘿嘿嘿嘿，那才是回老家呢！（他放下破鞋捡块破皮
　　　　　　用剪子修剪着）前几天，赵家窝铺去了二十来个外国兵征收
　　　　　　民枪，说是有枪不缴的都是土匪，一查出来就枪毙，把全铺
　　　　　　子的人都缴炸了，大家一齐下手，二十来个外国兵，大概回
　　　　　　去了一两个。大青山那一帮，就有五十多个赵家窝铺的。

○　　　他妈的，这比大厂子闹得还凶。我们一共是二百五十人做山
　　　　活，外国鬼子不知怎么晓得我们帮救国军破坏铁道，在神不
　　　　知鬼不觉的时候，外国鬼子一顿小钢炮，把我们二百五十人
　　　　揍得死的死、散的散，当天夜里我收拾收拾小包袱就溜走
　　　　了。（指老五，转向大家）这个，他弟弟就是那天晚上死的。

△　　　（拿起杯子向老五）再喝口。

老　五　（摇摇头，顺手一大把鼻涕甩在地上）

△　　　爽气些，年轻人这样还得了，哭哭叽叽的。

　　　　（三个旅客背小包袱上）

大司务甲　小四接行李。

堂　倌　哦！（跑出）老乡，辛苦辛苦！

三个旅客　（跺着脚上的尘土，两手拍着身上，一面往屋里走一面
　　　　　　讲）呵！辛苦辛苦！

堂　倌　这位老乡听口音好像山东掖县的，都回家吗？

旅客甲　唉！在外面混不了啦，三十六策回家为上。再等几天"满洲国"征收人头税可糟了。

堂　倌　哈哈哈哈，老乡吃什么，点菜。

旅客乙　先来壶茶，打盆水擦擦脸吧。

堂　倌　好，咱们这儿没有什么好菜，吃饺子吃面随便。

旅客丙　我说吃面（向其余二客）你们怎么样？

旅客甲乙　好呵，哎——堂倌有些什么面？

堂　倌　清汤面、鸡丝面、炒肉面、三鲜面、炒面、炸酱面……随便。要不要来点白干？下酒的菜有酥鱼，白片肉现成。

旅客甲　好，来三碗肉丝面，一大碗白片肉，两壶白干，要快。

堂　倌　（高声）三碗肉丝面，要快。

旅客乙　（从屋里走出来，伸个懒腰）啊！（自语）这一段路可真够人受。

△　　老乡，辛苦！

旅客乙　辛苦辛苦！早来啦老乡？（一手扳扳脚脖头）哼哼，跑两天沙路，脚脖子肿得不能动了，（向〇✕）这几位老乡也同路吗？

〇✕　　哎，一道。

旅客乙　早点回家好哇，再过些时，"满洲国"一征人头税，人人都得到机关上挂号，那一来想抓哪个，一直就找到家门上去啦。

〇　　找到家门上倒是小事，顶糟糕是跑腿子①的，两眼黑大糊，出点事又找不到个保人。

△　　（装好一袋烟让旅客乙）老乡，抽烟？

旅客乙　不抽，这年头出点事没有保人，就是黑人，黑人就得吃黑枣②，对吧？

〇　　吃黑枣，不吃黑枣，他妈的，临回家还给外国鬼子揍掉一只眼。

---

① 跑腿子：即光棍汉。

② 吃黑枣：即挨枪弹。

堂　倌　（站在门口向屋顶上叫）二嫂，袜子补好没有？

少　妇　（推开屋顶小窗）没有，忙些什么？

堂　倌　人家光着脚呢，晓得不？

少　妇　一会儿就好啦，有开水吗？

堂　倌　（尖声学女人说话）有开水没有？

少　妇　贱种，有开水没有？

堂　倌　（尖声）有哇。

少　妇　（嘴角一撇猛力关上窗子）

×　　　外国鬼子一来，我们在关东可吃不开了，没有活做，缴不上人头税，不快点回家跑，将来藏都没有地方藏。

少　妇　（提铅壶从楼梯下，堂倌随入）

×　　　哎——堂倌，泡茶！

堂　倌　哦。（少顷提水壶出，泡好茶往屋里走）（少妇提壶回二层屋顶又赶着堂倌，堂倌做个鬼脸）

大司务乙　碗勺。（讨钱的乞丐上）

堂　倌　哦！（急跑进屋里，端三碗肉丝面，给新来的旅客。热好酒又走至门外向旅客乙）老乡，请里边喝酒。

旅客乙　老乡一道喝盅吧？

△○×　不，不，刚喝过。（旅客乙入）

乞　丐　（预备唱）说说走走快如风，转眼来到大店中。[过门]

老　五　（不耐烦）去，去！不给。

乞　丐　你不给倒也中听，俺来段"跑关东"。

△　○　去去，里边去耍！

乞　丐　（打着过门往屋里走）

×　　　（解开行李换乌拉①用手摸着脚掌上的泡）啧啧，再走两天沙地，我可吃不消了，脚掌全肿了。

---

①　乌拉：即东北地区农民冬天穿的一种皮制防寒鞋。

乞 丐 （在屋里唱）

　　十七八岁上到关外，

　　风里雨里最苦工。

　　忍耐饥饿十几载，

　　大洋赚了几百余零。

　　买了房置了地，

　　小日子过得倒也蛮旺兴。

　　［过门］

　　娶了个关东娘儿们貌如花，

　　不到两年生下了胖娃娃。

　　一家子——

　　是嘻嘻嘻！哈哈哈！

　　［过门］

　　自古常言道得好，

　　旦夕祸福人人有，

　　天气是也有阴和晴。

　　也不知道怎么股子劲，

　　一阵怪风刮来了外国兵！

　　［过门］

　　小钢炮，它叽咕咚，

　　咕咚咕咚叽咕咚！

　　打了个光，烧了个净，

　　俺一家老小死了还不算，

　　杀得黎民百姓数也数不清！

　　［过门］

　　有钱的都往关里跑，

　　没钱的怎么能逃出这大火坑？

　　有道是："水流千遭归大海。"

俺也引起回乡的情。

[过门]

求列位，发善心。

帮俺傻子点盘缠。

——傻子也好回俺的老山东！

（白）诸位老爷、先生赏俺几个钱吧。

○　（向△）走过大青山，离铁道还有多远？

△　二百三四十里地吧，我想我们绕着点走。宁肯多走路，少坐火车，一来可省点盘费，二来在小站上车，外国鬼子的暗查也是蛮厉害的，不要临回家了再弄出乱子来。

修破鞋的老人　这话不错，小心点多走几步路不算什么。昨天半夜里，大青山后边钉死了两个，不知道他们走错了路啦是怎么的，据说外国兵放了两枪，他们看势不好，抬起腿来就跑，你腿多快也没有枪子快呵，一点劲没有费就给收拾了。

大司务乙　我看几天解过去的，多半是过路的老百姓。

修破鞋的老人　那也不一定，十天前从荒山子解来的那一帮，就是正牌的义勇军——多半是打垮了的小白龙的队伍。

×　（向△）那我们今晚歇什么地方？

△　歇崔家营子，怕是赶一点。

堂　倌　（靠在门口插言）你们从这儿出去，直奔黄庙，到了黄庙，打个尖①也可以歇歇脚，出黄庙直奔东南，这么还近点，路又安全。（△○×及老五收拾东西付账预备走）

堂　倌　我候了②吧。

△　一样一样，多少钱？

堂　倌　一百五，二百，一百，三百五，两盘馒头三百，三壶白干又一个三百，总共一吊三百整，再坐会儿吧，天气还早。

---

①　打个尖：指吃点东西。

②　候了：指代为付钱。

○　　　　不啦，赶早不赶晚，有什么信往家捎没有，我们带去。

堂　倌　没有，回家见呵，走啦?

○×老五　哎，回家见。

（二层屋顶上两个女人骂架，一个哭着）

第一个声音　狗娘养的，你气死我吧! 反正我是活不了的，我……我
　　　　不要你这狗儿媳妇养活。呵! 老天! 你! 你气死我吧!

第二个声音　你什么话我都听，我哪敢使你老人家生气，我不是说过
　　　　两天就有钱了吗? （呜呜地哭）

第三个声音　你骗我。我，不要你养活了! 我的儿子给外国鬼子抓
　　　　去，你这狗东西还跟我斗气，不行，给我滚，给我滚!

　　　　（二层屋顶的板门，啪的一声，少妇从楼上滚下，一个五十
　　　　多岁的小脚老太婆，站在楼梯上骂着）

乞　丐　（从屋里出来）

　　　　浪荡浪荡一浪荡，

　　　　红面馒头肉丝汤，

　　　　有钱的人家吃个饱，

　　　　没有钱的人哪……

　　　　——空着肚皮，浪荡……

　　　　（看见少妇从楼梯上滚下来，吃了一惊停住嘴，悄悄地溜下）

老太婆　你这狗娘养的，我儿子不在家，你简直是无法无天啦，我
　　　　的话你不听，你给我滚!

　　　　（啪的一声又把门关上，仍旧听到骂的声音）

大司务甲　（急跑出，旅客们出来看热闹）这这这真是，你们怎么常
　　　　常吵架啦? 刚才不还是好好的吗?

少　妇　（哭着）我也不知道她要钱干什么用，还没有做完的活，她
　　　　就逼着我向人家要钱，我说明天给钱就不行了。

大司务甲　她要钱你就把钱都给她，那么大年纪了，怪可怜的，听她
　　　　点话，没有什么亏吃。

少　妇　我哪敢不听她的话呵，她近来的脾气不知道怎么变得那么邪气，大叔你还不知道吗？我们先生在家里的时候，一家人都是他弄钱来养活，自从先生给外国鬼子抓了去，房子又给打掉了，住在你们这儿，家里又没有积蓄，就靠我的两只手给人家洗洗衣服，补补那破烂的东西，弄点钱来过活。你想，又是荒乱年头，叫我到哪儿去弄钱，她真逼得我无路可走呵！（又呜呜地哭起来）

堂　倌　（他本来是在屋里忙着的，此刻也走拢来看热闹）好啦，婆儿婆媳吵架，过去就完啦。

大司务甲　别总坐在这儿啦，回屋里去吧！

少　妇　我不，我回去她还要打我。

大司务甲　（向堂倌）小四，你去劝劝老太太，别生气啦，（向少妇）周先生有消息吗？听说判了十年吗？

少　妇　（抬起含泪的眼，摇摇头）不，十二年哪！

大司务甲　还好，这年头给留下条命就不容易呀！——你不回去就先到我们屋里坐坐吧。

少　妇　不，我要在这里坐一会儿。

大司务甲　好，你坐一会儿吧，我还有事。

少　妇　（点点头，又把头靠在楼梯的扶栏上，闭上眼）

　　　　　（堂倌从二层屋顶下来）

堂　倌　（向少妇）我向老太太说好了，她不打你了，你回去吧。

　　　　　（老远地来了四个外国兵，背着枪及食物，有的手拿棵树枝做手杖，押着十五名男犯，四名女犯，都是疲惫不堪的样子，还有病着的，由两个比较健壮的犯人架着走，每个人肩上坠一堆破烂东西，走起路来丁零当啷的，枯涩的眼光望着脚镣打起的飞尘，一步一困顿地在大野上走着，西下的斜阳更牵长了他们阴郁的影子。不知道这几个外国兵到底要把他们送到什么地方）

少　妇	（擦一下眼，懒懒地站起来预备回自己屋去，走至楼梯半腰，忽然停住，向远方望）大叔你来看。那边来一群人。
大司务甲	（在灶前）这里过路的人多得很，一天就不知有多少旅客从那边走来。
少　妇	（望着）不，里边好像有几个外国兵，（仔细看）对啦，这回看清楚了，那一定是解犯人的，你来看。
大司务甲	（出来也站在楼梯半腰，旅客们都挤在窗口望着）
少　妇	那背着枪的不是四个兵吗？那几个背着东西，低着头没有戴帽子的一定是犯人。
大司务甲	（一手遮在眼上望着）哼。
少　妇	这回看得更清楚啦，那不是两个人架着一个老犯人吗？——哎呀！外国兵打人啦，打得那个在地上直滚，真可怜！
大司务甲	不要看啦，走吧！（少妇回二层屋顶去，大司务甲回屋里去，旅客们各人回到原位，大家不作声，只听得墙外疲倦的鸡啼和炒勺的声响）
母　鸡	咕咕咕咕咕嘎！

咕咕咕咕咕嘎！

咕咕咕嘎……

咕咕咕嘎……（这啼声像喘息又像是挣扎）

（少顷，一外国兵上，把背着的食品袋解在桌上）

好！就歇在这儿吧。

（随后十几名犯人上，再后是三个外国兵）

（犯人们死尸似的都堆在凉棚下，干紫的嘴唇里露着沾满灰尘的牙齿，有两个简直没有一点精神地闭着眼，头发像秋蓬，面皮黄，皱得像包过东西的草纸，有一个是认识这店家的主人的，两眼看来看去，看样子想要找个什么机会弄点水喝，但他不敢招呼，只是看来看去。犯人们一进来，大司务甲乙就看出里边有他们的熟人，只见他俩偷偷摸摸地耳语，

耳语后急忙低下头去做事，谁也不往外看一眼）

（三个外国兵围着桌子解开食品袋，叫堂倌给他们装水壶，开罐头。第一个外国兵走进里屋，各处看了一遍，又看看炕上的旅客，旅客们谈着菜的好坏、酒的好坏和每种酒的价钱）

第一外国兵 （走至门边）来个人！（堂倌跑出）你的有什么——好吃的菜？

堂　倌 现成的酥鱼、酱肉、杂拌、腊肠。

第一外国兵 这些东西——我的不要，好的要，有？

堂　倌 （搔搔头皮）嗯，……再有就是炒三鲜，炒腰花，炒白菜粉，什么馒头、杠子头啦倒方便。

第一外国兵 不要，咕咕咕的鸡有吧？

堂　倌 没有，我们小生意，没有多少钱预备贵东西。

第一外国兵 小舅子，他妈的，（一个耳光打在堂倌的脸上）你是哪一国人？

堂　倌 （畏惧地看着他）我是"满洲国"人。

第一外国兵 他妈的，小舅子！

（第一外国兵下，第二外国兵拿块面包靠着窗口吃，其余两个围着桌子吃喝）

少　妇 （拿一布包下，睁着两眼找水喝的某犯人，闻脚步声音回头一看，出乎意料的是自己的女人，他压制着自己做个手势向少妇要水喝，少妇点头，顺楼梯下，走进里屋）小四，喏，你的袜子！（匆匆返回二层屋顶去）

（第三外国兵从怀里取出个小本子，想写什么，其余两个就围拢来，大家翻看日记本，争论着）

第三外国兵 我是二月里到的长春，没住几天，随多门师团到江东路，在一面坡住过两个月，在——（此时墙外啪的一声枪响，大家一怔，第二外国兵走出看看没有什么，说话又继续下去）

第四外国兵 我也在东路住过，打高岭子的时候你在哪儿？

第三外国兵 不要搅，让我想想看几个月没有接到家信了。

第二外国兵 哈哈哈哈，别想家信了，你只要想想不要被人打死，能够活命回家就够了。

第四外国兵 （紧接）我只想叫我活着就够了。

第三外国兵 那么家呢？

第四外国兵 别讲这些，（向第三外国兵）我看，你写些什么？有没有亲爱的呀！我是怎样为你担心，打仗不是什么好玩的事……喷！（嘴唇作接吻声）

（他们乱哄哄地围着桌子你一言我一语，第一外国兵提一只大母鸡上，大家的兴趣马上集中在鸡上，在谁也没有注意的时候，少妇拿着一杯水两包食物和三块钱，轻轻地走下楼梯送给她丈夫——圆睁着眼找喝的那个犯人）

犯　人 （哑声）快去！不要被他们看到。

少　妇 你还要什么，快说，我去拿。

犯　人 什么都不要，快去——哎，妈妈好吗？

少　妇 好！我们都很好。（刚转身欲去第二外国兵走来）

第二外国兵 你的——认识他？

少　妇 （战栗）我——我不认识！

第二外国兵 你的给他什么东西？（伸手要打）

少　妇 嘎——呵！我……我没有给他东西。（半身靠在楼梯上）

第二外国兵 （向少妇）你的不要动，（向第三、第四外国兵）翻翻那个犯人，这个女人偷着给他东西。（第三、第四外国兵翻犯人，翻出五个馒头、三块钱）

第三外国兵 这个——是她给你的？她是什么人？

犯　人 我……我不知道。

第二外国兵 （向少妇）不行，你有反"满洲国"的嫌疑，（向第一、第三外国兵）你们去搜查她的家。（第一、第三外国兵到二层屋顶去，少顷出，老太婆在后面哭喊着）

老太婆　我求求你，千万不要把她带走，她是我的儿媳妇，我靠她活命，我求求你，千万不要带走她呀！我们是老实人家。

少　妇　（被二外国兵倒背手抓着，态度很强硬）我一天到晚在家里，给人家洗衣服，补破烂东西，你说我反"满洲国"，洗衣服也算反"满洲国"吗？我给他东西，因为他是我丈夫，不信你问问看，他是我丈夫，我不能看着他活受罪，我不能看着他饿死！（哭）

第三外国兵　住嘴！（被翻的犯人靠柱子站着，咬着牙，眼里含着泪，第一、第三外国兵检视在二层屋顶搜出的一封信）

老太婆　我求求你们，做做好事放开她吧！她没有罪过！

第一外国兵　滚你的！（第三、第四外国兵收拾东西预备走，一面轰开挤在窗口门口看热闹的旅客）

老太婆　（转眼看到站在凉棚下的犯人是她的儿子，刚要扑上去，被第一外国兵推倒）——哎呀，我的儿呀！你求求他们，向他们说你没有犯罪！向他们说……（儿子背过脸去，眼泪已经滴下。老太婆哭喊着依旧爬起来要抓她的儿子，被第一外国兵拖住打得在地上乱滚，第三外国兵用脚踢着那群癞猪似的犯人预备起身，里边却有一个已病累得要死的老头子，实在不能动转。犯人们自己商量好久，最后一人站起来向外国兵要求）

某一犯人　老总，可不可以停一会儿走，让这个人多休息一下？

第三外国兵　不行。

某一犯人　那么把他抬到屋里炕上还暖和些，可不可以给他点水喝？

第二外国兵　不行，走！

犯人们　老总，他走不动怎么办呢？

第三外国兵　你们——两个人拖着他的手走。（犯人们起身走，少妇亦被带走。最后边是两个健壮一点的犯人拖着将死的老头子，老头子呻吟着）

老太婆 （被第一外兵打得她在地上乱滚，哭喊着）——你打死我吧，我反正是活不了的，豁出我这条老命不要啦，我们一家子，……我们一家都死在你们的手里，我的儿子，儿媳妇！我……我……哎呀……这受罪的日子，我也过够了……

（幕落后还听见老太婆的哭喊声）

第 二 幕

时 第一幕后三天的早晨八九点钟。

人 物 岗兵两名，第一幕里的犯人及其他男女犯共二十名，护送兵十名，犯人家属男女老幼共十余名，下火车的群众若干人，宪兵两名，管狱人一名，军官三名。

景 长春兵站司令部的大门外张贴着一张一张的安民布告，门前两个岗兵背着枪来回踱着，大门左边有个小板门。从大门出来是十几级的大石阶，石阶左边立着一排石栏杆，石阶下是水门汀的站台，铁栏外是下火车的站台。开幕前光听到叱骂声、鞭声、呻吟声、群众嘈杂声，站台上立着一群犯人，护送兵骂着，犯人家属们显得十分紧张，视线都集中在犯人身上。

管狱人 （在石阶上拿一本犯人名册）李得标！

李得标 有！（他是个满脸胡须、大肚皮、五十多岁的老头子，头发乱蓬蓬；举动迟钝，戴脚镣，手上拿一件破大衣，一个热水瓶）

管狱人 多大岁数？

李得标 五十二。

管狱人 哪儿的人？

李得标 天津。

管狱人　什么案子？

李得标　义勇军。

管狱人　判几年？

李得标　八年。

两个护送兵　（一个摸摸他身上的衣袋，袖子、裤脚、腰、鞋子，另一个翻翻他的大衣，热水瓶，翻完做个手势）

李得标　（走下石阶立站台上）

管狱人　王有才！

王有才　有！（这人有五十岁，眼睛有点模糊，厚嘴唇，满脸死肉，像晒干的猪肉皮被烟熏过似的黑黢，微带一点生疏神情。灰白的头发编成一个小干辫盘在头上，穿蓝布棉袄，灰布棉裤扎腿，腰上系一个长管烟袋，手提一只半新乌拉，还有一把乌拉草，一个洋铁壶，壶里装几个黑面馒头）

管狱人　哪儿的人？

王有才　（畏惧地）俺！俺山东德州。

管狱人　什么案子？

王有才　什么？

管狱人　你犯的什么罪？

王有才　俺，俺是好人，俺，俺是打外国人，把俺抓来的。

管狱人　王八蛋！

护送兵甲　（一手打在王有才脸上，王躲避，又被拉过来）

王有才　俺……俺……

护送兵甲　（又一个耳光）

护送兵乙　（搜查）混蛋！

王有才　（走下石阶）

管狱人　钱大富！

钱大富　有！（这个人窄脸，小眼睛，三角眉毛，缺嘴唇，年三十上下，身体不大高，上身穿一件破毛衣，下身是一条中国式的油腻裤子，脚上没有袜子，拖一双灰布鞋，手提一个人家用过的蒲包，里面装几块破布，一个吃饭用的打开的罐头盒子，一个洋铁做的小刀，一个报纸包，里面包着三支烟屁股）

管狱人 什么案子？

钱大富 贼案。

管狱人 几年？

钱大富 十年。

管狱人 哪儿的人？

钱大富 山东黄县。

管狱人 哼！

两个护送兵 （搜查。把洋铁刀扔在一边，又捡出一个小纸包。注意地看）这，什么东西？

钱大富 这，这，这这这……

护送兵 （打开纸包，里面是三支烟屁股，笑着扔在地上，他刚要蹲下去捡，护送兵踢他一脚，他失望地看看烟屁股走下石阶）

管狱人 赵得胜！

赵得胜 有！（年四十三，穿灰布棉军衣，人很暴戾）

管狱人 什么案子？

赵得胜 逃兵！

管狱人 几年？

赵得胜 八年，他妈的！

管狱人 什么？

赵得胜 八年！怎么啦？

管狱人 讲话干净点呵！在这地方光棍①没有你的好处。

赵得胜 呸！（用嘴唇）妈的。

---

① 光棍：原指独身男人，这里则是指逞英雄。

护送兵	（搜查，赵得胜走下石阶）
管狱人	周耀祖！
周耀祖	（慢腾腾的）有！（五十岁的老兵，穿灰色布棉军衣，左臂受伤，用布条托在胸前）
管狱人	快点！
周耀祖	八年哪！忙什么？
管狱人	什么案子？
周耀祖	逃兵。
护送兵	（搜查。周耀祖走下石阶）
管狱人	金铎！
金　铎	有！（一个中学生的样子，精神恍惚，穿黑色棉大衣，里面是学生装） （金铎一出来，家属群里有个少妇呼着金铎的名字往前面挤）
管狱人	什么案子？
金　铎	义勇军。
管狱人	哪儿的人？
金　铎	长春。（听到有人呼他的名字，慌慌忙忙地往石阶下走）
护送兵甲	（拖住他）干什么？（搜查，从大衣袋里翻出一本小说丢在地上，金铎看看没敢去捡，走下石阶）
管狱人	周克明！
周克明	有。（年二十一二岁，身躯高大粗壮，性淳厚，目光锐利，额角上一块干住的紫血连到眼角，穿羊皮大衣，戴脚镣）
管狱人	（看看他）哦，这个我认识。
周克明	反"满洲国"，你认识我干吗？
管狱人	几年哪？
周克明	十二年。
护送兵	（搜出一个铅笔头，扔到地上，周克明的视线转动了一下，正和护送兵的视线接触在一起，但他很快又恢复镇静）脱下鞋

子看。

周克明 （略一迟疑，急脱下左脚的鞋子）

护送兵 那一只！

周克明 （当他脱下右脚的鞋子时，态度装得很自然；非常坦白，意思是借此遮过护送兵对他的特别注意）

护送兵 （拿起鞋子查看，在鞋垫底下，取出一个小字条。周克明的脸色忽然变得坚定，内心感到不可压制的愤恨像火山爆发似的冲击着他。护送兵把字条看一遍，装进自己的衣袋，顺手一掌向周克明的脸打去，周咬紧牙齿打个冷战，没有出声，护送兵更凶的又是一掌，周克明歪歪斜斜地跌在石阶上，护送兵拾起鞋子狠命地扔在他的脸上，他挣扎着坐起，穿好鞋，回头瞪护送兵一眼走下石阶）

（由远渐近的火车进站的声音，旅客下车的嘈杂声，搬运夫数件数的数目字在冷空里响亮地叫着，换火车头的声音和车头上当当的铃响，闹得人怪烦躁的，这声音一直继续到犯人上车）

管狱人 李树人！

李树人 有。（他是个采木工人，年三十二岁。手拿一个洋瓷茶杯和一条脏透的毛巾）先生！你告诉我到哪里去呀？

管狱人 送你回家。

李树人 真的！

管狱人 别啰唆，什么案子？

李树人 他们说我是义勇军。

管狱人 不是义勇军你是什么？

李树人 我是伐木头的。

管狱人 混蛋！

护送兵 （搜查，李树人走下石阶）

（下火车的站台上挤满了下火车的群众，宪兵靠栏杆站着，注视一个个的旅客，不一会儿两个外国军官绕过栏杆走进司令部，护送兵及岗兵行举枪礼，接着宪兵从群众里拉出一个旅客，带他向司令部）这边走！（旅客背着包裹，拱着手不住地求饶）老爷，放我走吧！老爷，俺回山东家，俺是好人，老爷！（宪兵像没有听见一样一直拉他到司令部里）

管狱人　李蔚枝！

李蔚枝　有！（第一幕的少妇，阴郁的面容，衣着褴褛，举止失常）

管狱人　什么案子？

李蔚枝　（看定他）

管狱人　跟周克明是一道吗？

李蔚枝　嗯，他是我丈夫。

护送兵　（搜查，李蔚枝走下石阶）

　　　　——还有没有？（向管狱人）

管狱人　完了！

护送兵　（赶下石阶）

管狱人　（向石阶下的犯人数着）一个，两个，三个，四个，五个，六个，七个，八个，九个，十个，十一，十二，十三个，十四，十五，十六，十七，十八，十九。（用铅笔在册子上记个记号，走进小板门）

家属们　（拿着个人的东西挤到铁栏这边来）老爷，老爷，请等一等，把这东西给……给他……

护送兵　后点后点，等一会儿给东西！（一面往后推家属们，一面分站在犯人周围，先叫出一个老头子）你见谁？

老　人　我……我见我的儿子李裕民，这东西给他，老爷！

护送兵　（把东西检视一遍）李裕民！

李裕民　（瘦小精干的青年学生，戴脚镣，拿一个棉胎，反长筒胶皮鞋）

老　　人　（唠叨的）将来你自由了，别忘记给家里写信。几月后，等你二叔叔有信来，我同你妈也许回关里。我问你，你知道把你们发到哪儿去吗？

李裕民　（摇头）谁也不知道，爹爹，妈妈的身体好吗？

老　　人　很好。记住，你自由的那天别忘记给家里写信。（擦眼泪）

李裕民　记住了，爹爹，你不要挂念，什么事我都知道小心。好，你快去吧！

老　　人　孩子！

李裕民　（忍着泪）爹爹，你去吧！

　　　　　（李裕民走回队伍，老人仍回到铁栏外；另一个老太婆从人堆里挤出来，两眼张望着）

护送兵　你干什么？

老太婆　我，我跟我儿子说句话——

护送兵　去，去，去，去——

老太婆　我，我，我？

护送兵　去！

少　　妇　（拿着一包食物）

护送兵　看谁？

少　　妇　金铎。

护送兵　金铎？

金　　铎　（走出队伍，接食物，和少妇小声说话，少妇不停地擦着眼泪）……

护送兵○　（从袋里取出哨子，很尖锐地吹一声，对犯人说）走路的时候，不许这个走得太快，那个走得太慢。大家要整整齐齐地走。眼睛一直往前看，不许东张西望，谁要逃走，就开枪打。（向其余护送兵）上子弹！

护送兵们　（齐上子弹）

　　　　　（当护送兵说话的时候，站在少妇身旁的某一护送兵曾几次催少妇回去，少妇嘴里虽然应声"是，是"，可是她仍旧恋恋不舍地和金铎说话，护送兵不耐烦了，提着少妇的耳朵，向铁栏杆上一摔，少妇嘎的一声，倒在铁栏下）

护送兵○ （又把哨子吹了两声，队伍徐徐前进，护送兵的脚步沙、沙、沙、沙地在水门汀下发响，又轻快又齐整，犯人们的脚步，是犹疑、沉重，留恋滞涩的脚镣声伴着护送兵们沙沙的轻快的脚步绕过站台，渐渐远去）

家属们 （挤在铁栏旁呆若木鸡，他们凝注的眼睛失神，似乎连呼吸都停止了。火车的汽笛冲破高空车轮隆隆的响声渐渐加速加速，加速加速，变成隆隆隆隆隆隆隆隆……沙……沙，沙沙，沙沙）

（家属们的眼睛从汽笛响起时的呆滞凝注变作清醒，耳听着远去的火车，错乱的视线到处搜寻，搜寻……茫然无力地又闭上眼皮）

（渐渐有一两个站起，影子投入水里一样的，悄悄地移动着离开站台，偶尔听到抽鼻涕的声音）

老太婆 （擦干自己的眼泪，拉动少妇，小声说）走吧！

少　妇 （看看，哇的一声哭出来，老太婆安慰她，她喘息着，哭声哽在喉咙里，走下）

岗　兵 （看他们一眼，又来回踱着，站台上冷清清的）（幕下）

第二幕完

第 三 幕

地　点　在极荒野的边塞上，风卷着雪，雪卷着沙，一切景物都像在急流中、在烟雾中。背景是几间席搭的草棚，还有许多连续到土坡后面，只看见棚顶、烟囱、木杆、草棚的窗里透出灯光。土坡的干树上挂着死尸，再远些高岗上巍然立着某帝国主义的战胜纪念碑。土岗的斜坡上有几个人影，立着的好像是男子仰首向天，坐着的像是妇人抱着孩子，头偎着头。大约经过一刻钟，男的走向妇人，俯下身子好像说了几句话，走回草棚。又过了几分钟，妇人牵着孩子走下土坡不见了。

近　景　四五十个犯人戴着脚镣，有的掘土，有的挑担，有的扛石料，外国兵数名，背着枪提着籐条巡视着。

时　间　第二幕次日黄昏。

　　　　许多犯人正掘一条壕沟，另一部分人挑着筐把掘出的土运到对面去。大家无语，只是挑土人的一高一低"哼，哼哼，哼……"声，衬着哭号似的野风。等把担子放下又是一口深长的怨气。调子是这么沉重阴郁。劳作的人们像负伤的野兽，眼里冒着火，现在这些抗敌的健儿是一铲一铲地掘着祖国的土为敌人建设反祖国的军事设施。他们的铲子掘在土上像掘着自己的心。但是他们没有话语，只是疲惫得实在不能支持了，扶着铲子望了望天，向天吐口怨气，看着外国兵向自己走来，又得赶快埋头工作，舞台的前面左角上，有几棵被炮火打折的树干，树干上钉着一大张图样，一个军官和一个参观的新闻记者立树旁，军官衔着纸烟，指着图样讲给新闻记者听。

军　官　这个飞机场，完全可以控制北满，等这飞机场完成之后，北满的反满军不论在哪儿捣乱，不出两小时，我们的飞机可以集中到任何一个地点；要是对外有军事行动，只需半小时，我们的飞机可以布满国境的天空。

记　者　我们这种计划，大约还得多少时候才可以完成？

军　官　最快也得半年以后。

记　者　那么，我们在满洲的军事准备没有完成之前，国内就闹着移民满洲，是不是不大安全呢？

军　官　这用不着顾虑，我们收服的中国兵，不是有八九个警备旅
　　　　吗？我们只需掺进几个军官指挥他们，我们的正式军队在后
　　　　面镇压，这是不成一点问题的，况且我们的国民，都受过军
　　　　事训练，虽名为移民，实际上是毫不露痕迹的补充实力。

记　者　要是中国政府真出兵东北，我们怎么对付？

军　官　这是不会有的，他们自己不是也有很多问题吗？现在他们正
　　　　在自顾不暇的时候，哪里有余力顾到这些。如果他们真要出
　　　　兵，那样一来，我们的每一军即刻顺着长江一直冲入中国的
　　　　腹地牵制得他们不能动转。

记　者　我们准备在满洲建筑的飞机场共有几处？

军　官　哈尔滨一处，长春一处，齐齐哈尔一处，赤峰一处，此地一
　　　　处——你算算看，大连固有的可以和哈尔滨响应，哈尔滨和
　　　　齐齐哈尔响应，齐齐哈尔和此地响应。（他们这样谈着。远
　　　　处有两个外国哨兵由土坡后面架着一个中国人上来，远远地
　　　　听不出讲什么话，顺着风传来的声音，可以分辨出那个中国
　　　　人在拼命地叫着，这叫声使正听着讲话的记者回头看了一
　　　　下，看见两个哨兵动手把中国人绑在干树上，拿什么东西往
　　　　他嘴里灌，中国人挣扎着，后来哨兵索性把中国人吊得更高
　　　　些，使他脚不着地，又毒打了几下，中国人不动了，哨兵走
　　　　向草棚里——老犯人对于这些情形是看惯了，差不多每天都
　　　　有这样类似的事情发生，因此被打的人尽管在那里叫，他们
　　　　手里的铲子从不敢停顿一下，嘴里或者说句不平的话。新来
　　　　的犯人，哪里晓得这些，他们听到有人叫，不免本能地停住
　　　　工作望一望，看着监工外国兵提着籐条走来，又急忙俯身
　　　　掘土）

军　官　（卷起图样往后方走，记者跟着他走）等把热河占领之后，
　　　　在赤峰将兴筑一个大规模的飞机场，一可以防蒙古，二可以
　　　　进取华北。（说着向土坡后走去）此外要完成的铁道网长途

汽车网都在赶筑中。

记　者　将来等这个飞机场完成之后，可以停多少架飞机？

军　官　二百架总可以吧！我想（指着远方）那边到最远的那个土岗，两边到小河沟。（记者同军官绕过土坡下）

兵　　　（用籐条打一新犯人，打完故意将马靴踩在他的赤脚上，他唉哟叫一声，上半身弯了一下又急镇静住。只见铁铲无力地在他手里摇动着）

某新犯　（大声叫）他妈的，这样还有活路吗？我们都是中国人！我们给人家筑飞机场，打我们自己人……

某　兵　（啪地打了一枪，新犯随枪声倒地）

　　　　（一大群新犯骚动起来）

老　犯　真是孩子，有劲也不是这使法，唉！……

周克明　（望望灰暗的天，觉得有机可乘。向站在对面的赵得胜使个眼色，把两腿叉开脚镣垫在一块方石上，手里仍旧用铲掘着土）

赵得胜　（使劲用铁铲切弯铁环的缺口，脚镣哗啦一声断开，又忙去掘土）

兵　　　（忽然好像预感到什么似的，急回转头，在犯人群中穿来穿去，眼注视着地面，特别注意每个犯人的脚镣，不一会儿，拉出周克明，周的脚镣已断）脚镣怎么断的？

周克明　不知道。

兵　　　你想逃吗？

周克明　不！

兵　　　不？！谁帮你弄断的？快说！

周克明　没有谁帮我。

兵　　　你不说？（举籐条向周乱打，周不动，又问其他犯人）你们谁帮他弄断的？

大　家　（你看看我，我看看你）

军　官　（指着掘土的几个犯人）你们都走过来。（被指的几个，一个一个地站在外国兵面前，每人挨打四五下，没有谁讲一句求饶的话，每挨一下打，痉挛地抽一声冷气，籐条像打在死猪肉上）（打完把籐条扔在地上，掏出纸烟燃着，轻松地喘一口气，眼光转到周克明身上，视线慢慢地往上移，停住在已经断开的脚镣上，他鼻孔里轻轻地哼下一声，好像完全不在乎的样子命令犯人们说）——把他埋掉！

某犯人　我们中国人不埋自己人！（这句话一说出来，像一块石投进水里，所有的犯人都骚动起来）

周克明　（站在犯人对面看着他们一动不动）（此时天空变得更昏暗，狂风咆哮着）

军　官　把他埋掉！

犯人们　（不动）……
（站在犯人对面的三四个拿籐条的兵，高举起籐条抢近一步，要打下去的样子）

犯人们　（仍旧不动）（三四个兵急风暴雨似的乱打起来，被打的人不动，其余犯人都把铲子举在手里）

军　官　（掏出哨子急吹几声，大声喊）第五小队集合！（土坡后有十几个兵跑出，又有几个架着机关枪）

军　官　上刺刀，左右散开！

兵　　　（上好刺刀分站在周围端着枪）
（犯人无可奈何地吐了一口冤气，慢慢地一个一个拾起铲子动手为自己苦难的弟兄掘坟墓。

他们完全麻木的，举止失常，眼泪遮模糊了他们的眼，他们的手不自主地摆动着铲子。

坟坑掘好了，军官在周的屁股上踢一脚催周下去，周坚决的铁一般的面孔对着沉默的人群，脸上摆动着被风吹乱了的头发，右边的额角上没有被头发遮盖的地方，露着一寸多长的伤疤，他下意识地摸着这伤疤，向大家说："再见！"大家垂下头，老犯人泣不成声地应着："再——再，再见！"

周克明粗健的两腿拖着两条断开的脚镣，开始向坟坑移动，他进一步，犯人们让一步，再进一步，犯人们又让一步，最后他站在坟坑边上，眼望着远方，他要在这一瞬间看一看最后的被蹂躏的祖国的面容。只见他的嘴角抽动着，回头看看大家，大家垂着头，他侧着身子缓缓地向大家点头，哭着的老犯人急用手遮着脸不忍看他。他含着最大的仇恨英勇地走下坟坑。

犯人们懒懒地拖起铲子，把坟坑周围的新土再抛进坑去，他们一铲一铲地埋着，仇恨也随着坟坑里的土一铲一铲地在他们心里加厚。拿在手里的铲子，也一下比一下来得迟缓。埋到最后，周克明的全身都在坟坑里了，只剩下一个头，他一直瞪着眼望大家，嘴唇微动着，他们实在埋不下去了，拿在手里的铲子不自主地端着。铲子停在空中。

这时候，坐在一边吸香烟的军官站起来了。这回他并不气也不责骂犯人们，他的态度变得非常轻松地向着坟坑这边走来，他的又大又重的马靴正踏在周克明的脸上，抬起脚来的时候，故意用马靴的后跟带起尘土落在周克明的脸上。犯人们看了这情形，打个冷战，铲上的土落在地上，他们咬紧牙齿闭上眼，疯狂地掘着土，不一刻，周克明的脸完全不见了。

死神的翅膀带着恐怖覆盖过大地，荒漠上的夜风悲惨得像鬼叫。朦胧的残月从土坡后升上来，把纪念碑和吊着死尸的干树的影子拖得长长的像魔鬼伸着贪婪的爪子。

方才埋周克明的几个犯人，有的倚着铲子低着头，有的颓废地把铲子丢在地上，坐在周克明的新坟上默默地拭着眼泪和鼻涕。另一部分犯人仍旧是掘土的掘土，抬木料的抬木料，

在模糊的月光下忙来忙去)

军官 （掏出哨子长长地吹了两声，犯人们都停住工作，他大声说）
这边集合！

（犯人们都集中在舞台前方分站成两排。前边几个兵，后边
几个，押着向远方的席棚走去。

他们转过一层土坡就不见了，忽然有三个犯人从舞台前方出
现，慌乱地奔跑，紧跟着几个敌兵拿着枪，追上来，三个犯
人向吊着死尸的干树那边跑，前边的一个撞到死尸上，倒在
地上又爬起来跑，兵士打了几枪，又追上去。远远看着三个
犯人的背影爬过土坡不见了）

（幕落·剧终）

争取最后胜利

时 某日下午。

地 被日军占领的一个小县城。

人 县长。秘书。教育局局长。保安队队长。商会会长。日顾问。日兵四名，A，B，C，D。囚犯张志远，钱祖荫，李明。保安队三名，1，2，3。群众多名。卫役甲乙两名。

景 县政府的大厅。中间是一张办公桌，偏左边是一张长桌，几把椅子，桌上简略地点缀一些装饰品。后面有门，这门在平时是不大开的，有人出入都是从两旁的边门走。

（县长同秘书上）

县 今晚的事就这样办了，你去派人到城外的游击队去，叫他们准备好，我们一得手，叫他们马上响应。

（俯在秘书耳朵上小声说了几句）好，马上派人去，特别小心，不要走漏风声。这里鬼子的暗探是很多的，事情的成败，全关系在我们身上，你要知道我们的死活是小事，假如走漏了消息，全县都要遭到牺牲，你明白吗？

秘 我全明白，县长！

县 那么好，你快派人去，一刻都不要耽误！

秘 好，我就派人去。（转身要下）

县 喂，你来，注意小心从事，相机应付。千万不可大意呵！

秘 请你放心好啦，这些事我都能办得妥妥帖帖，绝不会有一点错

误。不过有一件事，我忽然想起来啦，我们昨天……（外面有人喊报告）

县　（小声）快去！

（秘书匆忙下）

县　进来！（故意装作整理文件）

（衙役甲上）

甲　报告，刚从前方送来土匪三名，等县长审问。

县　带上来。

甲　是！

县　等等，去请顾问来！

甲　是。

（衙役下，四名日兵带三个中国人上，他们都戴着脚镣）

县　（见日兵上，急立起招呼）你们几位辛苦啦，快请坐，吃点茶吧！（大声）来！

甲　（在门外）有。

A　不要客气，你忙着。（从背包里取出公事递给县长，县长看看随手丢在桌上。这时衙役上）

甲　要什么？

县　泡壶茶，送些点心来。

甲　是！（日兵围着桌子坐下吸烟，县长没话找话地跟他们攀谈）

B　近来公事忙吗？

县　要说忙呢，却也不怎么忙，说不忙，可也闲不着。每天差不多总有一两起土匪案子要审理。我们倒还好，这几年你们可真辛苦啦。

A　我们——（沉吟一下）嗳，辛苦不辛苦的，总闲不着就是啦。

县　中国人真不识好歹，从前皇军没有来的时候，中国军阀年年打仗，拉夫要人，他们也忍啦，现在皇军在这里，对他们又这样好，可以说无处不是为他们打算，他们却不识好歹地胡作非为，年轻力壮的小伙子不说在家里做点事，偏要跑到山上去当土匪，你说糊涂不糊涂？

（衙役推开门，让日顾问先上，他自己跟在后面，手里端着茶壶和点心）

县 （很快地迎上去，假殷勤地）松本先生，今天有个案子麻烦您，请您看看怎么审理。（日顾问不理）哈哈，今天天气很好哇，松本先生，外面一点风也没有，太阳又这样温和……（搬椅子给松本坐下）

松 （冷淡的）哎，天气很好。

（当松本上场时日兵齐敬礼，松本略一招呼，即向办公桌走去）

县 （翻阅公文）张志远！

张 是！

县 你是哪儿的人？

张 我是本地的人。

县 多大年岁？

张 四十二。

县 唔！（想一想）你是领袖吗？

张 不，我是老百姓。

县 不要狡辩，照实说，你们有多少人？多少枪？

张 （含糊地）我家里有个老娘，她六十多岁啦，还有两个儿子都不顶事，一个没有出嫁的女儿，这年头家里有女孩子顶累赘啦！

县 不要胡说！

张 回禀县长，我一点都没有胡说，我家里只有这几口人。

县 我问你队伍上有多少人？

张 啊？什么队伍？……

县 （向松本耳语后，只见松本使了个眼色，县长点点头）来个人！

（衙役乙上）

乙 有！

县 带下去！

乙 是！（向张）走！

（衙役乙带张下，少顷听见鞭打声与号叫声）

县 （翻公文）钱祖荫！

钱 有！

县 你同张志远是一个村的吗？

钱 不是。

县 你们怎么碰在一道的？是他找的你吗？

钱 不是。

县 你可一点不要隐瞒哪！你要知道隐瞒也是瞒不过我的。刚才那个
张——张什么来？我一下忘了他的名字啦。（看公文）唔，张志
远，他实在太狡猾了，所以我打他几下。我知道你们都是好老百
姓，肯说实话，所以我对你们也特别好。说，你为什么当游击队
队员呢？

钱 我不是游击队的。

县 （机警地转换话题）哦，现在我们不说这个，我问你，你们家里
是不是没有饭吃，不得活，才出来当土匪的？

钱 那自然喽，要不是逼得没有办法，谁会出来拼命呢？

县 那么好，先把你的事情一五一十地说给我听，然后我再给你想
办法。

钱 你给我想办法？我用不着，你要没有忘记你是中国人，你就该跟
我们一道把鬼子打出中国去！

县 （惊慌失措）哎！不对，不对，你疯啦！

钱 我疯啦，咱俩倒也不知谁疯啦！没有天良的忘记祖国的汉奸，日
本帝国主义的走狗，你还有脸来问我吗？

县 （现出极度的苦痛与不安）不要说啦，来个人！

乙 有！（即上）

县 给我带下去毙了他！哎呀，真气死我啦！这帮东西非厉厉害害地

治他们不行！（衙役乙带钱下）

松　（冷笑）不必这么大火气。越是头脑简单的人，越好利用，这个人胆量很大，将来可以有用，可以有用！

县　是！（大声）喂，回来！

乙　（又带钱上）有！

县　（狠狠地）把他押起来！

乙　是！（带钱下）

县　（又翻公文）你叫什么？

李　我叫——李明。

县　李——明，嗯，你说吧，这回瞒也瞒不住了，你们的队伍究竟在什么地方，还有些什么关系都给我说出来！

李　凡是有中国人的地方，都有我们的队伍，都有关系；凡是被鬼子占领的土地，都是我们进攻的目标！

县　你说什么？

李　我告诉你吧，不要以为你的狗官可以做多久，现在全中国的人民都起来啦，他们正在准备着要你的狗命呢！

县　（拍案大叫）不许乱说，真把我气坏啦……真……真……

松　（冷冷的）这样发疯是没有用处的。（向李）你知道我可以叫你死，也可以叫你生，要是打死你，那是非常容易的，只要我说一句话，用不了一分钟，你就死啦。可是我不愿这样做，我要对你们说明，大日本帝国的皇军不是像你们想的那样残忍，他们是很爱中国老百姓的，他所要消灭的只那些土匪，那些反日分子，我想你们是被欺骗啦，被人利用啦。如果你们一定愿意打仗，我也可以给你们编成队伍，给你们钱用，这不是很好的嘛！

李　你们要杀就杀，中国人民是不怕死的，你们不用对我讲这些鬼话，你们的阴谋是骗不了我的！

县　好不识体统的东西。（对松本耳语）

松　（点头，冷笑一声）……

县　来!

乙　有!（即上）

县　带下去押起来!

乙　是（带李明下）

县　（赔着满脸笑容）这些土匪，不知礼貌的东西，今天太冒犯松本先生啦!

松　我们要用他，就得想方法去对付他，这些人简单得很，他既然可以当土匪，就可以编成队伍给我们用，懂吗?

县　是。（送松本下，又转身回来对日兵）对不起你们诸位，等了这样久，没有招待，你们要是疲乏了，就请里边休息吧，我去关照他们预备晚饭，想诸位都还没有吃饭吧? 要什么菜，我叫他们去预备。

A　（向同来的几个讲日本话，一会儿又扑哧一声笑了，县长也莫名其妙地跟着笑）

县　要什么，请你们几位告诉我，凡是这县里有的东西我都可以设法弄来。

A　菜倒不要。有娘儿们没有? 叫几个来，我们今晚不回去啦。

县　（踌躇的）嗯……嗯，娘儿们……

C　要漂亮的，快点!

县　好好，让我想想（踟蹰地来回踱着）嗯……

D　有没有? 快点!

县　有的，让我想想到哪儿去找几个漂亮的。不过……

A　什么?

县　漂亮女人倒有，不过这里的女人不大开通，胆小的人，尤其你们几位都带着武装，我想她们一定害怕，不敢见你们，那样不是玩也玩不痛快了吗?

D　这不行，军人怎么可以随便卸下武装来呢!

县　请你们几位相信我，我不是朝三暮四的人，过去我办了许多案子，处决了多少反日分子，我要偏向中国人，我早不这样做了。我的意思完全为你们几位玩得畅快，把枪留在这儿，放一个人看守着，然后我们一道出去不是一样吗？

A 好，就这样办。（向D）你留在这儿吧。

D 你们出去玩女人叫我看家，我不干。为什么你自己不留下呢？

A （向C）要不你留下吧？

B 好啦，谁留下还不一样！我们回来你再去这有什么不同呢？

C 好，就让你们先去，算我倒霉，你们出去抱女人，我一个人留在家里抱枪杆。（日兵一个一个把卸下的枪交给C）

县 （向C）摆在那屋里好啦，那里很清静，又没有杂人。（向其余日兵）我们走吧？

（C把几个人的枪背到另一个屋里去）

B （靠在椅子上，闷闷的）你们去吧，我不去啦。

A 刚才你不是同意的吗？怎么又不去啦？倒是怎么回事？

B 不要问理由，我不高兴就不去。

县 没有关系，一道出去走走好啦，我们这城里确实有几个漂亮女人。没有事，一个人闷在家里干什么？

D （把帽子往桌上一摔）不去就不去。人家都高高兴兴地想找点快乐，他却无缘无故地闹别扭！

县 不去也好，那么请你们几位在家里等着，我带她们到这儿来，大家快乐快乐好吗？

A 好，我们就在家里等吧。

县 对不起，那就请你们稍等一会儿啦。

A 没有关系。要好看的，快点来呀！

县 快！（县长鞠躬而退）

D （把脚搭在桌子上伸个懒腰）十几天啦，没有同娘儿们睡过觉，今天要好好地睡上一晚。

A 昨天我碰见一个娘儿们，长得可真漂亮，我把她这么一抱，（抱住B）她就啪——

B （正闷闷不乐，顺手给A一个嘴巴）对啦，就啪这么一下。

A （一手搔脸，有点不好意思）这是干什么，一会儿小娘儿们就来
啦，不必跟我发这怪脾气。（又转回话题）那个娘儿们可真野
性，照着我的脸拍这么一下。我真气极啦，我说："大日本帝国
皇军的战士要你睡觉，你敢反抗，好的！"（说着拿起桌上的筷
子）我照准她的肚子嚓一下！哈哈……你猜她肚子里有什么？哈
哈……

D 我猜不出，人肚子里除了心肝五脏还有什么呢？

A （笑着）不对，不对，有个小亡国奴，才这么大，（用手做样子）
哈哈……才这么大……

D 这么大？没有出肚子的小亡国奴？三寸半，哈哈……三寸半……

B （独自坐在一边，从怀里取出一张照片凝视了好久，又取出一封
信，翻看一下，抬起头来计算日子）八月十三……九月十三，十
月十三……（苦痛地低下头）快三个月啦！

A （停住笑）喂！不要想老婆！一会儿中国娘儿们来啦，给你选个
小脚的，走起路来一扭一扭那多有味呀！
（一面唱一面跳，舞步里加着小脚女人走路的姿态，先是慢，渐
渐快起来近乎发狂的样子，拍手合唱）
啦啦，啦啦啦啦，啦，
丢下老婆丢下家！

来到中国打天下，
今天这儿明天那儿，
白天夜里总厮杀！

家里没有米，
孩子叫妈妈，

妈妈没办法——没办法啦！

盼着丈夫早回家！

啦啦，啦啦，啦啦啦，

阿弥陀佛老菩萨，

啦啦啦啦啦啦啦，

中国女人玩过八百八，

喝酒杀人不过瘾！

快点收兵回家抱娃娃。

(唱得最狂热的时候，隔壁屋里突然一声枪响)

D　(惊急)怎么？

A　不好！预备！(慌乱地找自己的枪)

B　(急收起照片和信)哎呀！我们……我……

C　(拔腿向隔壁屋子跑去)快拿枪来！(门外啪又是一枪，D受伤倒地，紧跟着进来三个武装保安队的)

1　不许动！

2　(拖过D来一个一个绑起，走到隔壁屋里，拉出C来，已是个血淋淋的死尸)他妈这小子，我在窗外看他抱着枪睡着啦，隔着窗纸我就给了他一下，打得正正当当的，(又提起死尸的头看看)一点不差，(转身又走进屋里去，把四个日兵的枪一齐背出)他妈的色鬼！这回还要娘儿们吗？(下)

1　你们不要以为中国人都是猪，可以由你们任意奸淫，屠杀！有一口气，他也要吃了你们这些狗崽子！

3　(在门口)立正！

　　(县长上)

县　对不起，使你们几位受惊了。

A　(气势汹汹的)八嘎，没良心的中国人！

县　(心平气和的)不必这样凶，现在你威吓不了我啦，我们无冤无仇，何必这样呢？你们想不想坐下来谈谈？

B （犹疑的）谈谈……

A （暴躁的）滚开！残暴的中国人！你还想从我们嘴里得到什么吗？

县 残暴的并不是中国人，是猖狂的日本军阀，你们本来是好好在家里过日子的，他强迫着你们到中国来送死！而中国的老百姓，本来是最爱和平的，可是被你们压迫得不得生存，弄得没有办法啦，他们不得不起来跟你们拼命！（稍停）你们也要把心地放明白点，仔细想想究竟谁是罪魁祸首？

A （暴烈似的吼叫着）八嘎呀路，混蛋的中国人，给我滚开，你还想俘虏我们吗？你想使大日本皇军在无耻的中国人面前屈服吗？

1 （不能克制地）

县 （温和的）自有办法。（向日兵）你们平心静气地想想，在中国打了这几个月的仗，你们得到些什么？

兵 （低头不语）

县 （更进一步）你们家里的生活怎样了？（感慨地）唉！我们都是一样的人，我也有老婆孩子，可是现在我的家没有啦！你们家里的人也一样弄得不得活啦！这是由于你跟我的仇恨吗？不是，我们谁跟谁都没有仇，虽然不认识，但见了面却是好朋友！你们说对吗？

B （止不住地哭起来。点点头仍旧没有话）……

县 你们要明白，我并没有害你们的心。刚才打死那一位，（指C）那是因为他看守着枪，实在出于万不得已。你们不要以为中国人都是没有理性的，都是野蛮的，要知道那全是你们的上司、残酷的军阀、少数的野心家编造出来的鬼话，骗你们的！（一转念头用亲切的口吻）哎，你们到中国多久啦？

B 三个月啦。

县 家里有信过来没有？

B 信是有的。接到信反而难过，家里不来信倒好，他们不想我，我也不想他们，死就死，活就活。可是一接到家信，倒弄得牵肠挂肚，这个滋味更难受。

县　请问这位，你有少爷吗？

B　（悲痛的）有一个！才三岁，前几天我老婆来信说，这孩子天天在吃晚饭的时候，坐在门口发呆，妈妈叫他进屋去吃饭，他说我等爸爸回来。唉！看目前这种情形，我还有回去的指望吗？（不能抑制地哭起来）

D　（站在旁边饮泣，忽然大声地）战争，残酷的战争！我们有多少伙伴都被强迫着送到中国来打死了！我半辈子经营的生意，在上个月也歇业啦，我们一家子要靠它活命的，靠它活命的呀！现在什么都完了！

县　（又转换话题）真对不起得很，刚才我讲话不小心，引起你们许多伤心事。（回头向保安队）把他们几位解开，你们站到外边去。

保　是！（下）

县　我们只顾讲话，忘记请坐啦，诸位请坐下吧！如果你们不嫌弃，我很想跟诸位长谈。

　　（日兵B和D就座）

B　现在我们还嫌弃谁呢？只要有机会能脱离这种疯狂的战争，只要能够活命我们也就够满足啦。

县　不用这样客气。（转脸向外）喂！来个人。

甲　有！（上）

县　你去请保安队的李队长，教育局的赵局长，跟商会的周会长来，说我有要事请他们，叫他们就来呵！

甲　是！（下）

县　从今以后我们都是好朋友啦，你们要什么尽管跟我说，我们大家想办法活着！

D　（惭愧地）想起刚才跟你要女人时，那种疯狂的心情，我真奇怪为什么我会变成这个样子呢？几个月疯狂的战场生活，不知不觉把我也变成野兽一样了！

B （回忆地）在家乡的时候，他是个脾气顶好的人，从没有跟人冲突过。

（这时保安队的李队长上）

县 队伍都召集好了吗？

李 好啦，（疑心地看着三个日兵问县长）这三位就是……

县 哦，我忘记跟你说啦，这三位是我们的同志，以后他们跟我们一道干啦！

李 （诧异地）哦——欢迎欢迎！你们几位是怎么来的？

县 （打断他的话）现在不谈那些，我们谈一谈正经事。

李 是！

县 我已派人去找周会长跟赵局长了，他们马上就到。一切事情要在今晚布置好，明天拂晓我们就得下手，错过这机会，我们全县的人民都得遭难，你明白我的意思吗？

李 明白。

县 （向日兵A）我想把松本先生请来参加这会，你们看怎样？

A 怕他不肯吧。

B 你怎么知道他一定不肯，不妨试试看。

县 对，我叫人去请他，他要肯跟我们合作，又是一个很大的帮助。

（大声）喂，来人！

甲 有。（上）

县 你带两个保安队的弟兄，去请松本先生来。

甲 是！（走到门外又转身回来）赵局长同周会长到。

县 请他们进来！

甲 （在门外）请你们二位到里边。

（赵局长、周会长上）

县 （笑眯眯地）快请坐，今天事你们都知道了吗？

赵 知道啦，有的老百姓都知道啦。

周　有的人家门口，不论大人小孩都疯了似的嘻嘻哈哈地谈论县长。

赵　真的，我们县里大年初一都没有这样热闹过。

（两个保安队的带松本上）

松　什么事？对我这样无理？

县　松本先生，我们要抗日啦！

松　（这突变的刺激使他感到迷茫）什么？抗日？

李　我们要打倒日本帝国主义，给中国的老百姓出口气啦！

松　（忍住这侮辱，急转身向日本兵）干什么，你们也在这儿？

县　松本先生，请不要奇怪，现在他们也是我们的同志啦，不但他们，同时我还想请你也参加我们的会议，多多给我们一些帮助和指教。

松　（不理县长，严厉地向日兵大骂）你们这些没有良心的东西，敢背叛天皇，背叛你的祖国，帮助中国人打我们自己的军队，你们对得起自己，对得起祖宗父母吗？你们就甘心做大和民族的公敌，连你们的子孙都不顾了吗？

兵　（垂头不发一言地立着）……

松　你们要知道，天皇叫我们进攻中国，我们既是他的子民，就应该牺牲一切担负起这个责任，这也就是我们大和民族的伟大和光荣！我们不应该因为自己的意志，违背了天皇的命令，尤其不应该因为贪生怕死，就投降给无耻的中国人！你们懂吗？（盯住日兵B）讲话呀！都是死人吗？大日本皇军的威严都被你们侮辱了！完了！完了！

县　（不耐烦地向保安队）你们把他带到一边去。

保　（带松本到一个屋角上）

李　叫他待在那儿，不许喊叫。

不许喊叫听见没有？

松　（错乱地）听见了，听见了！

县　诸位请坐，我们快开会。

（赵、周、李围着桌子坐下）

县 （向日兵）我看你们几位多疲乏了，请到隔壁屋里歇歇。

兵 好，一会儿见！（下）

县 大家有什么力量，什么计策，都拿出来，用一个迅雷不及掩耳的手段，把县城外的敌军一下扫清，绝不能迟延一刻。

李 城里的保安队我已经召集在一起训过话，四门也堆好了沙袋，每处配置上一排人，每个重要路口都放了步哨，城内的治安是绝无问题的。

赵 我有个意见不知县长的意思如何。

县 你说你的。

赵 我想——我们既然下手了，就一不做，二不休，请县长下命令，叫全县的人民有什么家伙都拿上，以保安队为先锋，就这样冲出去跟外边的游击队会合。

李 （兴奋地）好，赵局长的意思我赞成。

县 嗯——你的意见倒很好，不过有一点值得慎重考虑的。（看表）现在五点一刻，天就要黑了，我们要是临时下命令，临时通知，老百姓恐怕来不及，就是来得及，一切不成问题，我们还得用一夜的工夫，一边打一边走，明天天一亮，必须要到达安全地带，这是否可能呢？我们要注意到，明天日本飞机一定来到这里轰炸，假如我们不能到达预定地点，那些妇孺老少怎么交代？这是一层。还有两个理由是我不主张走开的：假如——我们带着全班人马离开这里，第一敌人可以不费一枪一弹白得一个县城；第二我们仓促出发，一定有许多重要物品、粮食来不及运走，这不是白白便宜他们吗？

周 对！县长想得很周到。刚才我是这么想过。

松 （恐怖地）天皇！救救我！你是大和民族的主宰，不要使我侮辱皇军的威严！……我恐怕……

李 （暴躁地）你吵什么？再叫我毙了你！

松 哦……我……我不……不吵……不吵……（声音渐低）

（远处传来群众的吼声及锣鼓声）

赵 （思考的样子）好，县长的意思好！

县 今天夜里把妇孺老少不能参加作战的人，完全送到别处，（忽停住侧耳静听，诧异的）这是什么声音？

周 是老百姓知道了，他们又挂起中国的国旗，得重见天日，高兴得不知怎样好了。

县 （严肃而愉快地笑）好！只要是愿意打鬼子的都跟我来吧！（稍停）明天天一亮，敌人的飞机就要来轰炸，这是毫无疑问的。我们要把全城的市民移出城外，留下少数部队守门，留下一个死城让他炸。

（门外喧嚷声渐近）

——赵局长！你通知各校的学生，把他们编成决死队，女校编成救护队及慰劳队，听候命令出发。

赵 我马上办好！（下）

县 周会长，你统计一下全城的食粮及日用品，做一个详细的预算，一概不许外运。

周 是。（下）

县 李队长！除了守门的少数保安队外，其余的全部调出城外，分布在四乡，跟民团配置在一道，有敌人来攻，务必牵制住，不使他前进。我已经派人去通知××地的中央军，跟左近的游击队，只要能支持到天亮，明天太阳出的时候，就是我们消灭日本侵略军、收复失地的时候！

松 （趁人不备，拔出身边的短刀，照准胸口刺了一下，惨痛地）哦……哎呀……

县 怎么啦？

报告，这个日本人自杀了！

（群众的喧闹声，锣鼓声，鞭炮声，越响越近）

县　（沉痛地）他也该死啦！自从我们这县城失陷以后，我没有一天不对他赔着笑脸，执行他们的吞灭中国的种种毒计！同时我也无时无刻不盼着今天的到来！我一方面奉承着敌人，一方面秘密进行抗日工作！（苦笑）哼哼，这一天终究给我盼到啦！我们全中华民族的老百姓到底起来啦！我们的抗日战线一天一天强大起来啦！

（门外的声音：打倒日本帝国主义！）

县　（忍着泪）对啦！打倒日本帝国主义！

（全体应和着：打倒日本帝国主义！）

（门外的声音：中华民族解放万岁！）

县　（咬着牙）万岁！万……岁！（向李）你去把门开开，让他们进来！

（这时日兵A、B、D从隔壁屋里冲出）

兵　被压迫者联合起来！

（群众应和着：被压迫者联合起来！）

李　（猛力把舞台正面的门一推，群众像狂潮一样，顶天立地的怪兽一样张牙舞爪地扑进来。他们拿着锄头、砍刀、斧头、长枪、铡刀、木棍等等，没有拿武器的人抬着大鼓，一个身体最壮的农民，裸着膀子，拿两根木棍疯狂地敲着，咚咚锵咚咚锵！咚锵咚锵咚咚锵！农村里过年的锣鼓点。另外有两个用大铜钹和着。孩子们一手举着国旗，一手提着一挂鞭炮，口号声、鞭炮声与锣鼓声闹得天翻地覆）

松　（挣扎着站起来。面对着县长，凶狠而衰弱地）阴险的中国人！我……我……（又倒下去）

县　（激动地）我们中华民族又复活了，侵略者在强大的武装民众面前倒下去了！倒下去了！哈哈哈哈！

（他的笑声隐没在群众的喧嚷里）

（幕下）

107

突 击[①]

第 一 幕

时　间　一九三八年的初春，在黄昏后。

地　点　太原的附近，在山坡上。

人　物　石　头：三十多岁，忠厚纯朴的农民，背着大铁锅。

　　　　童先生：村公所的所长。四十多岁，忠实，顽固，带着一个
　　　　　　　　包袱。

　　　　福　生：十三四岁的男孩。活泼天真，带一把日本小刀。

　　　　田大爷：五十多岁，倔强，执拗，扛着扁担。

　　　　田双银：田大爷的孙女，十六岁，顽皮、憨厚。

　　　　李二嫂：三十岁，拿着一件小孩的棉斗篷。

幕　启　一群疲倦零乱的人影出现在左边的山头上，一会儿就走进山
　　　　峡里去了。福生突然在对面的石坪上出现。

福　生　（大声呼喊）童先生！童先生！（没有回应，又招手）石头！
　　　　石头！到这儿来呀！（仍无回应）

童先生　（疲倦地爬上石坪）你吵什么！你这小鬼不要命啦？叫日本
　　　　鬼子听见怎么办哪！

① 发表时署名塞克、端木蕻良、萧红、聂绀弩共作。据端木蕻良讲，实际
为塞克所作。

108

福　生　我没有喊，我招呼你呢！

（石头，李二嫂上）

石　头　去你妈的！滚蛋！

童先生　这里还好，就在这里歇下吧！……哎呀，好冷，福生，你到
　　　　那边去捡点树枝来烧火。

（李二嫂疲倦地偎坐一旁，福生去弄火，石头拉过童先生的
包袱往屁股底下一坐）

童先生　哎，不能坐，不能坐，起来！

石　头　什么坐不得？

童先生　不成不成，你知道里头有什么东西？

石　头　管他什么东西，这年头连命都不知道是谁的呢！

童先生　（抢过包袱，解开，慎重地，双手捧出灵牌，找地方安放，
　　　　无可奈何地摇头，自言自语）唉，连祖宗的牌位都没有放
　　　　处了。（又拿出一个小包）嗯，这个也没丢。

石　头　什么？

童先生　这是村公所的官印。

石　头　他妈的，全村子的家财人命都没有了，你还带着这破印
　　　　干吗？

童先生　（又拿出户口册来翻阅着）高大东家的房子烧得片瓦不留
　　　　了。（翻一页手指停在一个名字上）他大年初一还给我拜年
　　　　来着呢，这才几天就死得这么惨！……

（福生站在童先生背后看着，童先生正翻过一页，他立刻给
翻回来）

童先生　你翻什么？

福　生　你家豆腐房的那个小毛驴也完了。

石　头　你怎么知道的？

福　生　刚才我从破窗口钻出来的时候，那李磨倌正在倒豆腐渣呢。
　　　　五个日本兵进去，问他要肉吃，他没有，他说有豆腐，他们

还说，还说，不要，不要，后来又说要，说要"八个"，李磨倌他就拿来八块豆腐，他们就踢他，李磨倌就往后退，一下子跌在小毛驴身上，小毛驴一尥蹶子，一蹶子没踢着日本鬼……（愣了）

童先生　后来又怎么啦？

福　生　那小日本一枪就把小毛驴给打死了。……他们就在灶里烧火，用刺刀来切肉，他们连毛也没煺呀！……那李磨倌抱着驴脑袋还哭呢，那驴的俩耳朵就扑棱扑棱的……

石　头　我说不出来，你非要我出来，我家的叫驴也不知怎么样了。你看，现在就随便让人家胡作非为了。

童先生　你不出来，还不是跟驴一样地下汤锅^①？

石　头　出来又怎样？跑到这儿荒山僻野的，吃什么，喝什么？慢慢地还不是得回去干？

童先生　干，当然也得有个干法。

石　头　什么干法，还不是他妈个打？今天不打明天也得打呀！要等明天打，何不今天就打呢？

童先生　要打，你也得合计合计呀！孔明用兵还得看看天时地利人和呢。

石　头　你总有你那篇大道理，可是什么也做不成。比方说那回抓汉奸吧，依着我就使小刀子捅了，你还要问，还要审，还要具结，弄得五花八门，结果汉奸还不是跑了！

童先生　我是为大家着想啊！我是为了公义，我也不是成心放了他呀！要是误杀了人命，是我来担不是……

石　头　你担不是，他妈的汉奸跑了，你又不担不是啦！

童先生　那你要把事情弄清楚一点，那是看守的疏忽哇！

石　头　我不管你什么看守不看守，当初我们把汉奸交给你的，我不

_____

① 下汤锅：即把牲畜送到屠宰场去屠宰。

管你交给谁，汉奸跑了就跟你要。汉奸该宰，你把汉奸弄跑了我们就宰了你做替身！

童先生 你真不讲理，怎么"跑了和尚抓秃子"呢？

石 头 你看那汉奸跑了，他把日本人邀来了，弄得我们家破人亡，这都是你！都是你！

童先生 那是一回事，这又是一回事，一码管一码，你别胡搅蛮缠！

石 头 我胡搅蛮缠？谁胡搅蛮缠啦？不是他邀来的，是你邀来的？我告你去！是你通敌！你勾结敌人！

童先生 你告谁去？你上哪儿告去？

石 头 上哪儿告？……（举起拳头）认识吗？就上这儿告你！

李二嫂 （急躁的）吵哇，吵哇，一路就吵，怎么不叫日本鬼子打死呢？你们没日子好吵啦？

石 头 我没日子啦？我看是你！你男人死了，孩子死了，公公又死了，这回该轮到你啦！……孩子都死了，你还从日本人手里把孩子的斗篷抢下来当宝贝。嘿！呸！

李二嫂 我要是死倒好啦，可是又不死……死……

童先生 哎，你又跟她发火啦！

石 头 跟你也没完呢！你以为我就饶了你了吗？（福生玩弄斗篷，被李二嫂抢下）

李二嫂 你不要动！

福 生 小鸦活着的时候，我抱都抱过的，连斗篷都不让我摸了，小气鬼！

童先生 （向福生）你到山上去看看田大爷来了没有，这半天还走不到……

福 生 （唱着跳着走了）日本鬼儿，喝凉水儿，来到中国吃炮子儿。日本鬼儿，损到底儿，坐火车，翻了轨儿，坐轮船，沉了底儿……

童先生 （叫）福生！你要早点回来，别跑丢了呀。

福　生　知道啦!

童先生　这孩子这样小年纪就死了爹娘，连个亲人也没有……

石　头　（没好声没好气地）亲人，我们不是他亲人吗？

童先生　我们不过是一个村上住着，既不是他三叔，又不是他二大爷，我们不过是看他可怜……

　　　　（沉默）我那一次看见他的刀子，我就痛心，妈妈让日本鬼子给欺负了，从敌人手里夺下来的刀子还天天拿着……

石　头　别唠唠叨叨啦，晦气!

　　　　（童先生坐下来向灵牌呆看）

石　头　（用石块刮锅底）妈的，你祖宗的坟都给日本鬼子刨了，你还把灵牌带出来，"活时不孝死了乱叫"，他妈的假惺惺!

李二嫂　石头! 你少说两句好不好!

石　头　臭女人，也来说我! 我说我的，碍你什么事？

童先生　（对李二嫂）哎，不要理他!"宁跟君子吵顿架，不跟小人说句话。"

石　头　我他妈是小人？我又不偷人摸人，到处背黑锅①，我还是小人，天底下没有好人啦!（刮锅底）

童先生　商量点大事吧，弄个破锅干什么？

石　头　干什么？不吃饭啦？

童先生　哎，我真昏了，怎么现成一袋子头号洋面没带出来呢？

石　头　有十几袋，不带出来也是没用。

童先生　那怎么办呢？

石　头　怎么办，想法子弄饭吃，怎么办!

童先生　锅能当饭吃？

　　　　（石头站起来搬石块架锅，只听"咕咚"一声，福生哭上）

童先生　怎么回事？你怎么啦？（孩子哭，不说）说呀! 这孩子到底

---

① 背黑锅：即担不是，受冤枉受委屈的意思。

是怎么啦？你看见田大爷他们没有？

福　生　我，我走到那边，看见树上有个……有个鸟窝，我就拿棍捅，捅了半天够不着，我看那树是个歪脖树，我就爬上去啦，嗯，嗯，我爬到老鸹窝边，就听见呱呱一叫，翅膀一扑棱，我一哆嗦，就掉下来啦！嗯……

石　头　摔坏哪儿没有？你这坏蛋！

福　生　（摸着屁股）屁股还痛呢！

双银的声音　爷爷你来，他们在这儿呢！

童先生　别吵啦，听着！小点声！是他们来了吧？

双银的声音　爷爷你上这边来，那边不好走！

（双银和田大爷爬上石坪）

福　生　田大爷，我找你半天都没找着，怎么这么晚才来呀！

双　银　李二嫂，小鸦呢？我出来时看你抱着他的。（李不答）咦！谁把他抢走了，把斗篷留下，这冷天的？

福　生　（低声）你别问啦，别问啦！

双　银　（低声）怎么啦？怎么啦？

（福生招手，双银过去，两人在一旁悄悄地说话）

石　头　田大爷，你怎么什么也不带，光带着个扁担呢？

童先生　田大爷累了吧？到这边来坐。

石　头　田大爷，你怎么什么也不带，拿着扁担干吗？

田大爷　不，是我从家里出来，担了两件行李和双银的新做的棉袄，还有半口袋粮食……连饭勺子都带出来了啦……

双　银　（突然的）哎呀！可惜了的小鸦，又精又灵的怎么死了呢？

（摇着李的臂）李二嫂，李二嫂，小鸦不是都学话了吗？我还听见他说："妈妈，妈妈……"

（李二嫂起来了，双银拿起衣服给她拭眼泪，福生溜走了）

田大爷　（看看他们，接下去说）后来什么都跑丢了，就剩这一条扁担。

113

石　头　你什么都丢了，拿着这扁担什么用呢？

田大爷　辛苦了一辈子，就剩这根扁担了，还让它丢下吗？

童先生　老爷子，你的东西就是不跑丢，这样的山路你也担不动啊！

田大爷　担不动也得担哪！

童先生　你的儿子呢？没跑出来吗？

田大爷　那孩子……我不叫他回去，他偏要回去，他不放心地契，我一想，也对呀！我就说你去吧，我在外面给你望着，那时我们的房子已经烧起来了，我看太危险了，叫他不要去吧，他非要去，我拦也拦不住，看看他跑进去了，刚进去，那房子就塌下来了……

石　头　怎么啦？

田大爷　我想他一定没命了，可是他又跑出来，我打算招呼他，叫他快点，别的东西都不要了，拿出地契就够了，可是又听见啪啪两声，他就倒了，我还以为是屋梁砸下来了呢，待一会儿两个日本兵从我们院子走出来了。我再招呼他也不答应了……

石　头　你的儿子呢？

田大爷　唉，我就向前跑，反正儿子是死了，我也和他死在一道吧，我就往火里跳，哪知双银拉着我又哭又号的，我的心就软了下来，想着她这么小年纪，怎么活下去呢，就跟着她来了。我们就追你们，走过庄头的时候，在马家菜园子里看见朱志万的大儿子血淋淋地倒在地里，脖子给砍了一半，他直叫："田大爷你修修好吧，再给我一刀吧！"我一眼也不敢多看，心一狠就走过来了。

双　银　那时爷爷直着眼往前走，东西都忘记了，我就喊："爷爷！挑东西呀！"

田大爷　我就挑着东西跑，跑到壕沟沿上，就听见后面噼里啪啦一排枪，我们连爬带滚地往前跑，扳着一棵小榆树才爬上壕沟那边。又跑了五六里，双银就问我："爷爷，你的东西呢？"我一看，手里就剩了一根扁担了。（太阳渐渐落下去了，舞台呈一种阴郁沉重的气氛）

李二嫂 唉！真惨哪！

双　银 哎，我们在路上看见的那那那个那个什么，那才惨哪，那个小孩才有两三岁。扒得光溜溜地挂在树上，那个小脚就一蹬一蹬的，我跑得老远回头看，他那红兜兜还直飘呢。（李二嫂突然大哭，大家都呆了。童先生想法劝，几次欲言又止，老头子坐着，阴沉沉地烤火。双银拉拉李二嫂，李不理她，石头捡起一个石块，狂叫一声，把石块扔出去，声震山坳。静默，只听见女人抽泣声，忽然听见狗叫声）

童先生 哎呀！山底下有人来了！快把火熄了！（大家用脚踏火）

双　银 我们往哪里逃呢？

石　头 往哪儿逃？来吧！帮我捡石头！（二人把石块堆起来）

童先生 恐怕是日本鬼子搜村子呀！这就是他们的猎狗……别胡闹！（大家向山前注视，不敢出气，双银招呼田大爷）

童先生 不要动！（拿出手枪，石头举起石块，田大爷拿起扁担）有脚步声了，你听！越来越近了！
（福生先咯咯地笑，悄悄地出现在他们后面）

童先生 谁？（大家掉过头来，发现是他，放下武器。双银过去抓他，石头仍抓着石块不放）

双　银 你这野东西！你这小死鬼儿！你这没后脑勺的，你没皮没脸的，你还咯……的呢！……谁跟你笑！我打你！你还笑什么？

福　生 （指石头）你看，你看……他石头还没放下呢！

双　银 （也笑了）哈哈哈哈！

石　头 （莫名其妙地看看双手，把石块放下，难为情地问福生）笑什么？还不快把火点上！怪冷的。（福生不动，�‍嘴）叫你呢！听见没有？

福　生　你那么大个子怎么不自己点？我不会点。

石　头　你点不点？

双　银　这可怎么说的呢！他那么小点，要他点。哧！大懒支小懒，一支白瞪眼！我来点！（瞪石头一眼，过去把木柴堆好）

石　头　你放下，让他点！

双　银　瞧你那凶样！活阎王似的！（划火柴点火！福生不语，过来帮她弄火）

（隐隐听见山风呼呼地响！大家围火坐下，石头坐在一边）

童先生　石头过来，商量商量咱们以后怎么办。

石　头　你们说吧。我听着。

（福生用小刀刻树玩）

田大爷　我们这老少三辈，要在平常不都是一家人一样？到现在弄得睡也没得睡，过了今天没有明天，唉，这是什么年头哇！

李二嫂　哎，这倒霉的年头，早死了也算了！

童先生　咱们算是都逃出火坑来，总算是有缘分的，可是以后的日子怎么过还不知道，这个地方不过是离敌人稍稍远一点，我们坐下喘喘气之后，还得往前逃啊，或者……听说王家甸子都干起来了……所以我们大家得商量商量，合计合计，想个万全之策，逃不是事，不逃也不行，所以呢……

田大爷　我们这一群老弱残兵。怎么着也得干一场，说什么也不能白饶了他们。

童先生　哎，说的就是呢！我们合计就是想合计这件事情，日本鬼子占了我们多少地方，杀了我们多少人，这先不说，就说田大爷一家子，死的死，散的散，剩下他这么大年纪，带着双银东奔西逃的，还有李二嫂的孩子，那么点小命也跟着遭劫。我们祖先三代留下的房产地业，平常我们省吃俭用，连一个小钱都不敢胡花，这回日本鬼子一来弄得连个草棍都没有了，这笔账你说怎么算法？

双　银　怎么算法，他杀死我们多少人，我们就杀死多少小日本，怎
　　　　么算法！

李二嫂　一个抵一个？那太便宜他们了，我的孩子……他们，这群疯
　　　　狗！生擒活捉地把我的孩子抢去了！一个连话也不会说的孩
　　　　子，也招着他们了吗？我的孩子……他们为什么非弄死他不
　　　　可呀！……这些没天良、没心肝的野兽！

　　　　（福生用刀猛戳树干，接二连三的几下）

田大爷　我——我活了五六十岁了，连一个蚂蚁都没弄死过，我弄死
　　　　过一个蚂蚁吗？可是这回我要杀人了，我要杀人了！我
　　　　非——

童先生　对！要杀！凭着我们的力量要跟他们算这笔账！

石　头　（爆发的）我们要活，要报仇！

大家一道喊　我们要活，要报仇！

石　头　要杀！——

大　家　要杀！——（用脚踢锅，发出沉郁浑厚的声音）

（幕落）

第 二 幕

地　点　郭村近边。

时　间　夜月。

人　物　与第一幕同。

　　　　壮丁：王林，赵伍。

　　　　下弦月照着一棵古树，树杈上挂着一个古色斑驳的大钟，后
　　　　侧有石牌一座，露出严峻的颜色。

开　始　童先生用五个利钱摇卦，口中念念有词。双银站在他旁边呆

117

看着，李二嫂在一头烧水，福生为她劈木块，田大爷在远方抽烟，望着他们的动作，石头靠在树干上，抱膝低首假寐。童先生摇完卦，将利钱摆在地上，用手在地上画，并且翻动卦本，参阅对照，灵牌仍然好好地摆在身旁。

（读卦词）"目下如冬树，枯落未开花。看看春色动，渐渐发萌芽。"

双　银　童先生，你嘟囔半天，这一卦倒是好不好哇？

童先生　好是好，不过——要东方，东方是生门。（自语）金、木、水、火、土……金克木、木克土、水生金，唔……这么嘛！（翻日历，风徐徐地吹，日历翻动嘶啦作响）

双　银　（急迫地摇他）倒是好卦坏卦呀？

童先生　别急呀，这还得看日子呢？"成开皆大用，逼迫不相当"，你等我查查看，初七，嗯初八，……初九……

石　头　（打哈欠）什么初八初九的？

童先生　用兵得看天数哇！从前出兵，钦天监还得观星呢！这个兵书上都载着的。当初孔明用兵的时候，不也是借东风祭北斗吗？要不然怎么回回打胜仗呢？

石　头　我看人家日本兵进攻我们，也没有看日子。

田大爷　你别不信，听说日本人身上还戴着护身符呢？算卦也有点道理，不能全信也不能不信，过去多少英雄豪杰比我们聪明得多，人家也都信。要是没有一点道理，谁还弄这些玩意儿？

童先生　这是田大爷上点岁数，比你多吃几斤咸盐，他的经验多，他知道这个，这不能小看了它，国家兴亡都是有个气数的，咱们这回出师，得往东打呀！往东打是暗中有人扶持，一定是百战百胜，无攻不破，无坚不入。……

石　头　他妈的，日本鬼子由西边抽你屁股，你他妈的往东打？（大家都笑了，福生一不当心，刀子劈在手上哭了起来）

田大爷　怎么啦！

福　生　（哭）手……手……手……

李二嫂　这孩子！谁叫你不当心呢！

童先生　（搔首叹气）唉！

石　头　（望望星）三星晌午了，这些兔崽子还不来，简直不是他妈
　　　　的办正经事的……（向童）你给我枪，让我打两下叫一叫。

童先生　这怎么可以呢！半夜三更打枪，人家不是都知道了吗？
　　　　唉，这些年轻的，什么也不信。

石　头　那你说怎么办呢？我们就这样死等吗？（回头看福生）福生
　　　　你找找他们去！

童先生　你别去，福生！深更半夜让小孩子去跑。

田大爷　福生上这边来睡吧！让我拿衣服给你盖上。（福生走过去）
　　　　让我看看你的手还痛不痛啦！

福　生　痛！（睡下，田给他盖衣服）

田大爷　可不是，他们也该来了。（抽完一袋烟，磕磕烟袋）不会出
　　　　什么岔吧？

石　头　再等一会儿看。（大家昏昏欲睡，李二嫂吹火，过了一会
　　　　儿，石头不耐烦起来向后转望）

福　生　（梦话）哎哟！不要打我！不要打我……妈妈？妈妈？你往
　　　　坑梢上滚哪……那有把剪子，你伸手拿，伸手哇……

童先生　这孩子总说梦话。

田大爷　（推福生）醒醒！你醒醒！

福　生　（一翻身又睡了）……妈妈，你拿剪子……扎他，扎他，使
　　　　劲扎他！（忽然坐起来四外一看，失望似的又倒下去了，
　　　　稍停）

石　头　水还没有开吗？

李二嫂　就开。（石头站起来向后走）你干什么？
　　　　（一排枪响，很远有狗叫声，恐怖而深远。除了福生，大家
　　　　都站起来，小声说话）

童先生 哎呀！一定是他们出毛病了。

石　头 我去看看。（欲下）

田大爷 石头！（当心地）

石　头 啊——

田大爷 你怎么这么冒失，你知道前边是什么事情，就这样冒冒失失地跑去。

石　头 管他什么事，总得看看去呀！

李二嫂 别是日本鬼子吧！

童先生 要是日本鬼子的枪声，绝不会这么近哪……好像就在耳朵边上似的……先不要动，沉住气，我们听听看。

田大爷 （问石头）你对他们说了，来的时候走那条小路了吗？

石　头 那还用说，他们又不是不认识路。

田大爷 他们一定是碰上日本鬼子了。

李二嫂 哎呀！那可怎么办哪！

（远远有口哨声，石头注意倾听，也同样地吹一声，远远地再答一声）

李二嫂 是我们的人。

双　银 哎呀！他们都来啦！……（叫）王大哥，王大哥，赵大哥！

王　林 （远远地回答）哎！……双银！

（双银跑过去，王、赵上，双银扑在他们身上欢跳）

双　银 王大哥，王大哥，我们算卦啦！那才好玩呢，东方是生门，我们要往东走……福生还要找你们去，大家伙不让他去，他就做梦啦！还叫呢！……我等你们，左等也不来，右等也不来！

王　林 来，约一约多少斤，看长了没有。（约了一下）长了多少？

双　银 长了半斤。

福　生 （醒了过来，坐起来）赵大哥！看镖！啪！（一把小刀丢过去，赵用手一拨，掉在地上）

赵　伍　你这小子，比日本人还厉害！

　　　　（福生站起来哭着。提着裤子去捡刀，赵伍不动声色地用脚踏着刀，福生弯下腰去，赵伍打他的屁股，他装狗咬，赵伍跳开，福生拿了刀，看他一眼，大踏步回去）

石　头　枪声是怎么回事？

赵　伍　唉！不用提啦，真糟！（抬头招呼大家）啊？田大爷，童先生，噢，李二嫂，你的孩子好吗？睡着了？

李二嫂　（苦笑）噢——（背过脸去）

石　头　你们带家伙了没有？

赵　伍　（从袖里掏出铁尺）这个家伙怎么样？

石　头　噢，行！

童先生　怎么，你们走错路了吗？

赵　伍　他妈王林真不是玩意儿，我说走小路吧，他说不要紧，好像很有把握似的，到了撞上啦！（王林摸摸头，抽口气）要不是壕沟，恐怕我们的小命都没有啦！

田大爷　我说是吧！（问石头）年轻人就是这么不可靠，不管什么事小心点好。

王　林　我们出村子的时候，一个人都没有，倒是很好的，我们就溜溜达达，指天画地的，越谈越起劲，那鬼子要不放枪，说不定我们还走到他们跟前去了呢！

赵　伍　你这小子真不是玩意儿！

王　林　得啦，别说了吧！我要不拉你，你他妈还往前走呢！

童先生　来了就得啦，我们谈正经的吧，别说这些了。

李二嫂　水开了，过来喝水吧！谁喝水自己舀好了。（大家喝水）

石　头　好了，你们都来了，咱们还是按着白天打算的，大家都出发到郭村去，那儿有十个日本鬼子十杆枪，童先生这儿留守……

童先生　不成，你们都去，我也得去。

双　银　我也去。

王　林　瞧你那个傻样，你还去呢！没做事先敲锣，你要去，在十里
　　　　开外人家就知道了。

双　银　那我不讲话不行吗？

王　林　不讲话你还咳嗽呢！

田大爷　你们别吵啦！"嘴上无毛办事不牢"。

石　头　我说啊，童先生留在这儿，加上双银、福生、李二嫂，你们
　　　　四个人看家，我跟田大爷、王林、赵伍几个人到郭村去，田
　　　　大爷把风，我们大家分两处，一齐下手，管保他成功。

福　生　石头，我也去。

石　头　去他妈的，小鬼也去！

童先生　你年纪还小呢，等长大了再干。

福　生　童先生，我也会抢日本鬼子的枪。

石　头　你也会抢枪！

福　生　我有刀，砍起鬼子来跟削萝卜似的。

王　林　好小子，有种！

赵　伍　（突然）嘿，我想起来了，我们来的那条路上不是有两个鬼
　　　　子吗？咱们先把他们干掉再说！

石　头　别忙，让我想想看……

赵　伍　想什么呀！先把枪弄来再说！

田大爷　（问石头）让他们去吧，他们两个在这边下手，我们几个到
　　　　郭村去。

王　林　（拿起田大爷的扁担）这是谁的扁担？

田大爷　这个家伙给我，就凭这一根扁担，跟那一把铁尺，就要小鬼
　　　　子命。

赵　伍　走！（向双银）等着！我们打鬼子去！

福　生　（追过去）赵大哥！我呢？

赵　伍　你在家里等着！这孩子真乖！一会儿见哪！

石　头　（阴沉的）一会儿见！

田大爷　（走到王、赵面前，像有话说似的看了半天）当心哪！

赵　伍　田大爷！你放心好了，保管没有错！

王　林　（一手提扁担，一手拍胸，自信的）哼！走！（王、赵下，其
　　　　余的人呆望目送）

石　头　（很快地回身走向童前）童先生！

童先生　什么？

石　头　把你的手枪给我。田大爷！咱们走吧！

童先生　（走过去问石头）我一向没说过你的短处，现在我要说了，
　　　　我知道你性子粗暴，好出乱子，这次你可不得不当心哪！我
　　　　们自己的死活不要紧，我们能不能打回家去全看你们了。

石　头　童先生！你等着瞧吧！等我们回来的时候，起码一个人一杆
　　　　枪，你别看我斗大的字认识不几个，我是粗中有细啦！（笑）

李二嫂　呸！

石　头　（在童先生臂膀上打了两下）再见啦！

童先生　好！瞧你的！

　　　　（石头和田大爷下）

　　　　（李二嫂坐在大石上，寂寞地哼着小调子，双银靠在她身
　　　　旁发呆，福生玩弄小刀）

童先生　（坐在树下看天上的星斗，停了一会儿）双银！怎么发起呆
　　　　来了呀？

双　银　我在想石头他们走到什么地方了。

李二嫂　傻孩子！你怎么能想得出呢？

童先生　（拿起卦本）我们还是算卦吧！

双　银　童先生！我给你摇钱好不好？

童先生　好啊！你可别弄错了。

双　银　给我钱！

童先生　钱不在那边嘛！

双 银	（摇钱，摆好，看）三个字儿，两个码儿。
童先生	别忙，别忙，让我看看……三个字儿，两个码儿……这一卦是谁的？
双 银	（瞪着两眼想）……算赵大哥的吧！
童先生	（翻卦本）上中……上吉……（读词）"如人行暗夜，今已得天明。众恶皆消灭，端然福气生。"
	"谋事可成，寻人得见。出门见喜，马到成功。"他们一定成功！一定成功！让我们再摇一卦看田大爷他们怎样。
李二嫂	童先生！你给我摇！
童先生	你摇也好，只要心诚，谁摇都是一样。
李二嫂	（摇钱，摆好）你看吧！
童先生	（翻完卦本摇头）"什么马登程去，饥人走远途。前途多阻碍，退后福无方。"
	哎呀……哎呀……
双 银	（很急的）怎么了？怎么了？你快说呀！
	（福生悄悄地爬起来，预备逃走，一不留神刀子落在地上，他吃惊得不敢动一动，见三人都未注意，便匆匆地拾起来溜走了）
童先生	这一卦……这一卦……
李二嫂	不好吗？
童先生	不好也不是的，不过有一种不吉之兆。
双 银	瞧你，童先生！
李二嫂	你再念一遍给我们听听。
童先生	糟糕！我的《康熙字典》没带出来。
双 银	什么康七刺典哪？
童先生	有一个字憋住了。
李二嫂	你刚才不是念过了吗？
童先生	我刚才是囫囵吞枣地把那个字给咽下去了。

李二嫂	你就照样再念一遍吧！到底是什么意思？
童先生	田大爷这一趟是凶多吉少啊！
双　银	你说我爷爷这一趟去不好吗？
童先生	本来嘛，那么大年纪啦！唉！
双　银	（不语，站起来就走）
李二嫂	双银！双银！你干什么去呀？
双　银	（带哭的声音）我找我爷爷去！……
童先生	回来吧，傻孩子！深更半夜你到哪儿找去？
双　银	那爷爷不回来怎么办哪！
李二嫂	童先生的卦不一定灵的，这傻丫头！他一会儿就回来啦！（把双银拉回来）
童先生	（突然）咦！福生到哪儿去了？
	（大家找，叫喊）
童先生	他也许找石头他们去了吧？
李二嫂	对啦！刚才他不是直闹着要去吗？说不定是跟他们走啦！
双　银	那怎么办呢？
童先生	别急，让我给他问一卦看看。（摇钱，一看就把手往膝上一拍）好哇！
	我算了多少年的卦也没见过这么好的！这，这，这孩子小狗命才旺呢！
	你看！你看！（李二嫂凑过去）这……这……一看就是那孩子有出息，将来一定成大事！
李二嫂	你快念哪！
童先生	（读词）"天兵诛贼寇，旌旗得胜回。功勋为将帅，门第有光辉。"
	太岁星下界，这孩子的命才硬呢！将来大富大贵，从小就克爹克妈。……
李二嫂	噢、噢……（坐下）

童先生　将来还要克老婆呢！将来还要克老婆呢！

双　银　那我可不会嫁给他。

　　　　（李、童，都笑了）

李二嫂　羞哇！羞哇！

双　银　噢——（不好意思地向李怀中乱扎）（后有王林、赵伍的笑声）

王林的声音　我说得不错吧，一根扁担一把铁尺换来两杆大枪来！

赵伍的声音　妈的，一铁尺就把鬼子的后脑勺子开了花啦！哈哈！……

　　　　（上）

王　林　（上）你别说啦！我要是不给那一个小鬼子一扁担，你小子还不知道怎么样呢！

李二嫂、双银　（迎上去）怎么样？怎么样？

赵伍、王林　（一人手中一杆枪向前一举）你们看！

双　银　（笑着把枪往怀中一抱）一二一！一二一！立正……（一个人操着喊着）

李二嫂　哎呀！你们一个人抢了一杆枪回来啦？

童先生　你看我的卦灵不灵，我的钱呢？……（找钱来摆在臂上）你看！哎！你看，这……这……这卦简直是……

赵　伍　（拍童的臂，把钱打掉）什么卦不卦的？

童先生　我给你们算的卦是："谋事可成，寻人得见，出门见喜，马到成功！"是不是，果然不错吧？

赵　伍　我们走得离他们不远，就在地下爬，看见两个鬼子在那儿叽里呱啦的，说一会儿叹一口气，说一会儿叹一口气……

王　林　看那样子还很伤心的呢！

赵　伍　他们正伤心呢，我们就爬到他们后面。看见一个家伙抹眼泪呢！我心想，你别伤心啦！回老家去吧！一铁尺就搂了个脑浆迸裂，连叫也没叫一声。（大家笑了）

王　林　旁边那个小子愣了一愣，手里抓着枪就要搂火，我就搂头一

126

扁担，我看他晃了两晃就来了个狗吃屎。

（大家又笑了）

童先生　他们一枪都没开？

赵　伍　他把子弹留给我们用了，他舍不得开。（大家又都笑了）

王　林　把枪拿过来吧！

双　银　不！我还操练呢！二嫂！你也来！（给李一杆枪）向后转！

　　　　向后转！（开步走）

李二嫂　（把枪给王）搁下吧！别把枪鼓捣坏了！

双　银　你不跟我练兵，回头我跟那小没后脑勺的练去。

赵　伍　把枪给我，回头动坏了！

双　银　不！我给我爷爷！……

　　　　（远处有狗咬）

童先生　你听，老远的狗叫了，别胡闹啦！许是他们回来！

双　银　（跳起来）可不是！又是小没后脑勺的在那儿装着玩呢！我

　　　　去接他！

　　　　（跑过去）

赵　伍　（拦着她）给我枪！

　　　　（双银把枪给他，叫着跑下去，王、赵也下）

双　银　小没后脑勺的！操操来！

　　　　（石头背枪上）

赵　伍　怎么样？（石不答）都回来了吗？

石　头　（看看他沉重地低头）都回来了。

田大爷的声音　别吵！

　　　　（田大爷送福生上，王、赵随在后面，双银跟在田大爷后面
　　　　乱叫）

双　银　小没后脑勺的！刚才你怎么跑啦？我们找了你半天！我们给

　　　　你算卦啦，咱们有枪啦！咱们操操玩好不好？你怎么啦？怎

　　　　么不理我呀！小没后脑勺的！别装死喽！

石　头　滚一边去!

（田大爷把福生放在大石块上）

李二嫂　这是怎么啦?

田大爷　这孩子怕是没指望了!

双　银　（看福生）二嫂! 你看!

（福生呻吟着）

李二嫂　福生! 福生!（福生呻吟）孩子，你觉得怎么样?

童先生　石头，他是怎么伤的?

石　头　这孩子实在太好了，要没有他，说不定我们都回不来啦!

赵　伍　你怎么搞的，怎么不看着孩子呢?

石　头　不是，是这么回事。我们走到郭村跟前，我就干了一个哨兵，摸到他们营房外边。原来是叫田大爷把风，一边接枪。我进去，刚从架上摘下来三杆枪，正往外递，就听见炕上一个鬼子醒了⋯⋯

赵　伍　怎么了?

石　头　我想掏手枪，可是手里拿着两个大枪，正急得没办法，就听见醒了的那个家伙"哎呀"一声⋯⋯

王　林　怎么?

石　头　我看见一个黑影提着刀子就往外跑了⋯⋯

童先生　谁呀!

石　头　是福生，他把那鬼子一刀给捅死了⋯⋯

大　家　是他?!

田大爷　（沉重地点头）是他。

石　头　他先蹲在炕边，鬼子一翻身他就给了一刀，就往外跑，他们不知道有多少人，也不敢出来，屋子里直往外打枪，我也不敢招呼，拉着田大爷就在地下爬着走，跑到墙拐角的地方，就看见福生在那儿趴着呢! 手里还拿着这把刀。

（大家沉默，听见风响）

福　生	（说吃语）鬼子……鬼子……杀啦！……（坐起来睁眼找）
李二嫂	福生！福生！……你找谁？（福生做手势）你要什么呀！
福　生	我的……
双　银	你的什么呀？
福　生	刀……刀……（杂着呻吟）
石　头	给你刀……（把刀递过去，田大爷接刀给福生）
田大爷	福生！你的刀在这儿呢！……拿着呀！
福　生	把这血给擦下去……
田大爷	（用袖子擦了刀又递给他）拿着吧，孩子，你看，已经擦好了。
福　生	田大爷……（对着月光看刀）嘿嘿……（笑了）这是刀吗？……这是我的……（举起刀往上戳）就这一下！就这一下！（笑）爸爸！妈妈！（手在空中乱摸）
李二嫂	福生！福生！（扶他躺下）
福　生	（挣扎着向前扑）爸爸！妈妈！（躺下，大家围过来）
李二嫂	福生，孩子，你看看我！（福生不答，李二嫂拿起他的手贴在脸上，手一松，他的手就掉了下来）
双　银	哎呀，他——（向后退）
	（大家低着头退开）
田大爷	（眼直望着前面，风飕飕地响）这孩子……这……这……这是怎么……一个十几岁的孩子……他的爸爸他的妈妈……他……这是怎么的？……他应该活着，他正好活着，……我们，石头、李二嫂、童先生、王林、赵伍……我们都活了几十岁了，要怎么都成，死就死，活就活……他，这孩子孩子们……才十几岁呀！……（李二嫂和双银痛哭起来，双银投入童先生怀中，童先生扶她坐下，取出一根香点着，用棒敲钟，田大爷把孩子抱起来向后走，大家沉默着，风仍在飕飕响，清寒的月光冷静地照着石牌上突出来的几杆枪，幕

随着钟声慢慢地落下去了）

第 三 幕

时　间　黎明之前。

地　点　田大爷的家。

人　物　石头，童先生，田大爷，李二嫂，双银，王林，赵伍，日本
　　　　兵甲、乙。

　　　　乡民多人。

景　物　在村头，塌了顶的房子，被炮火轰毁了的土墙，打折的树
　　　　木，死了的牲畜，男女的尸体，这一块被蹂躏的痕迹，还
　　　　都新鲜地存在着，穿红兜肚的小孩挂在树上摇动着，田大爷
　　　　的地契零乱地挂在柴草上。

　　　　开幕时舞台静寂，少顷两日本兵上。

甲　　　呃！香烟有？

乙　　　有，坐下歇歇腿吧！（乙从口袋里拿出五台山香烟两支，乙
　　　　擦着火柴照着香烟，甲看了香烟的牌子）

甲　　　哦，五台山的牌子（吸一口后，夹在指间，沉吟的）五台……

乙　　　（轻轻地推着甲）喂！想家了吗？

甲　　　（转脸向乙）你听说过五台山的游击队吗？

乙　　　别提这些吧！提起这个我的头就痛。

甲　　　我们那次用几个师团包围他们。

乙　　　去，去，去，不管他几个师团。

甲　　　听说他们还自己开银行，印邮票呢！

乙　　　他们也用我们大日本的邮票吗？

甲　　　大概是不用吧！

乙　　　我就讨厌游击队，来，不知道他们从哪里来，去，不知道他
　　　　们从哪里去。

乙	好像地缝中都会钻出来一样。（急转头看，惊慌地寻找）你看什么！
甲	（甲用手摸头顶，很难为情地笑了一笑）听说我们来到中国的队伍都不能回国了。
乙	（深深地吸口烟，向天徐徐地吐出，从破墙上跳下来）走。
甲	休息，休息呀，我们好多天也没得休息了，我的腰都痛了。
乙	腰痛啊！等回国后到皇军医院免费电疗吧！
甲	等我的骨灰送回国再电疗，电疗，免费电疗！
乙	走吧，走吧！（焦躁的）
甲	（仍坐在那儿）妈妈的，我们的大队都走开了，这村子里就留下我们十几个人，老百姓也逃光啦，我们用飞机送来的给养，都接济不上，连香烟都没得抽啦！

（懒洋洋的，二人起身走，乙摔倒在尸体上）

乙	（摸了一手血，惊疑的）什么玩意儿！倒霉！倒霉！
甲	怎么啦？
乙	怎么闹的，弄了一手？（拿起手来嗅了一下，恶心）
甲	血！
乙	讨厌，讨厌，（两手无处放）走吧！
甲	走吧！

（稍停，石头、王林从破墙壁后紧张地走过来各处查看了一遍）

石头	（爬上高处，砰砰两枪，即跳下，躲避起来，四面枪声大起，墙旁跑过日本兵两名，均被石头击毙。在石头身后墙壁上出其不意地跳下日本兵一名，抱住石头的头滚在地上，二人扭打。王林，抽空打了一枪，日兵死，王林转到石头身旁，不料墙后又来一日兵，被石头击毙在墙后，四面杂乱的枪声中传来喊杀的声音，石头，用口哨回答，石头喊着）追呀，见一个杀一个，冲啊！杀呀！干哪！

赵　伍　石大哥，这边怎么样？

石　头　从墙上翻下四五个，全解决了。（向王）王老弟，你走往这
　　　　路口，我们冲过去（石、赵冲下）

田　声　（在幕后喊）双银！快呀！别去在后头！

双　声　爷爷，这回我们可回家了。（田大爷、双银上）

田大爷　（木然地待着，向四下望，手扶着墙上）墙，房子，（走过
　　　　去）双银！拿根蜡来，（弯着腰在找什么，忽然站起）还
　　　　有，还有锅台，（强烈地）我到底回到我的家来了，（狞笑）
　　　　哈哈……

双　银　（从柴棍上拾起地契）爷爷，爷爷，你看，这上头有你的
　　　　名字。

田大爷　拿来我看。

双　银　爷爷，这是什么东西？

田大爷　我们家的地契。双银！你帮我找……帮我找……

双　银　爷爷，找什么呀？

田大爷　你二叔，你二叔……

双　银　二叔不是死了吗？

田大爷　死了也要看看他的尸首。

双　银　爷爷！拉倒吧，死了你还找他干吗？看见他你更要难过呢！

田大爷　我要找着他……一定得找着他，难过？（苦笑）哼……

王　林　谁？（人声）

双　银　爷爷！有人，快把蜡吹灭了。

田大爷　（吹灭了洋蜡）

童　声　我！（幕后）

王　林　哦！童先生吗？你怎么这时候才来？

双　银　童先生，你可把我们等死了，哎呀，李二嫂怎么来啦，怎么这
　　　　个样子啦？

童先生　可把我急死啦！走在半路上李二嫂也不知道怎么回事，一人

乱跑，她喊着："你别抢我的孩子，把他还给我，你别抢去他，他是我的，他离不开妈妈，他离不开……"一边喊着，一边疯了似的乱跑。起初上我还追得上，后来她越跑越快，把我一丢就丢得好远，我连一个人影都看不见了。黑天半夜的我也没办法，人既然找不着了，只好回来找我们的队伍，没想到走到村外的小河沟里我就听见一个女人哭，起初我很奇怪，这时候哪儿来的女人哭呢？后来越听越像李二嫂的声音，我就大着胆子走去一看，果然是她披头散发的，衣服也都撕开了，胳膊上还刺伤一块，看样子一定是被鬼子糟蹋了。

王　林　快安排她坐下吧，童先生。（把李二嫂放下，李二嫂呻吟着）

双　银　李二嫂，李二嫂！

童先生　你不要动她，快找个东西来盖盖。

王　林　妈的，这些活造孽的鬼子！

童先生　（叹息）唉！谁想得到李二嫂那么好的人，得这么个结果。

王　林　男人都太没有用了！那么多人在一道走，会让她一个人跑开，谁会想得到呢！

童先生　谁会想得到呢……

双　银　童先生，你看她胳膊上的血还直往外流呢！

童先生　我脑子都弄昏了，快找东西给她包扎起来。

双　银　（四面看看，找不到东西）

王　林　来，来来，（把腰带解下撕下一条）拿这个给她包上。
　　　　　（双银给李二嫂包扎）

李二嫂　（先是呻吟，后呼痛）唉，唉……哎哟，（睁眼立起）你们，你们还在这儿，还不给我滚开，你们肮脏，下贱恶心……你们这些鬼子，你们以为我就这样好欺侮吗？我不怕……（站起来）

童先生　李二嫂，李二嫂，你不认识我们啦？李二嫂，你把眼睁开看看！

双　银　哎，李二嫂！……这是童先生……我……我是双银。（摩挲
　　　　着手，吓得没办法）童先生，你快叫她坐下吧！

李二嫂　（把童先生一推，疯狂地跑。喊叫）你们以为我就不能报仇
　　　　了吗？我儿子终究要长大的，他终究会宰了你们的……
　　　　噢！……（狂笑坐在墙头上）

田大爷　（站着，茫然地直起腰）嗯？嗯？（看看她又低下头去找）

童先生　王林快来！我们架着她！

王　林　她这样的人，你得顺从她，不能强制她，越强制越厉害。

童先生　那怎么办呢？要不叫双银——

双　银　我不去！我怕！

童先生　还是我来吧，你让她跑怎么办呢！（向李那边走去）

李二嫂　（看见童走来，拿起墙头上的砖向他投去）你来！你敢，你
　　　　这没廉耻的狗！你敢动我一动！

童先生　这……这……这……真糟心！……你这样闹下去怎么是个完
　　　　啦！（自语）总得想个办法！（叫）李二嫂，你这是干什么
　　　　呀！你怎么变成这个样子啦？

李二嫂　哎！（对着墙）你们别站在那儿不动啊！你们快来帮我的忙
　　　　啊！快来呀！你们瞪着眼干什么？你笑？你笑什么？……嘿
　　　　嘿……你们这些不中用的东西！

双　银　童先生，你让她别这样啦！

童先生　你报仇也不是这么个报法呀！人家前边打得那么厉害，你，
　　　　你在这儿是什么样子！什么样子！你这样就报仇了？

李二嫂　（向观众）你们来呀！鬼子在这儿呢！你们快来呀！你们跟
　　　　我来呀！我们一道去呀！报仇！杀！杀！（跑下去了）

童先生　（追去）李二嫂！李二嫂！……

王　林　童先生，让她去吧！（自语）唉！一个人糟蹋得这么可怜！
　　　　（田大爷由墙后背个死尸出来，不留神被日本兵的尸身绊
　　　　倒，上气不接下气地呻吟）

童先生　啊！田大爷！（回身向双银）双银！快！

双　银　（急转身，跑到田面前）爷爷，你怎么了？

田大爷　你二叔……你二叔……我的蜡呢？我的蜡呢？

双　银　爷爷！不是在你手里拿着吗？……童先生，你给划个火！
　　　　（掏出火柴给童，童划洋火点蜡）

田大爷　（用蜡照死尸的脸，一手拿蜡，一手抚死尸的脸）是他……
　　　　这就是他……他……

双　银　哎呀！爷爷！我怕！你不要照啦！我怕呀！

童先生　田大爷！田大爷！你太累了，到那边休息休息吧！

田大爷　（揭开儿子的伤口）你看这伤口，这血，这是鬼子的枪打
　　　　的……

双　银　爷！看你的眼，多怕人哪！你不要这个样子了！

童先生　田大爷，反正他是死啦！你也就不要难过啦！

田大爷　难过吗？没有，我一点也不难过。

双　银　爷爷，不难过，你为什么哭呢？

田大爷　没有，我没有哭！我……我……（抽气）我儿子死得冤枉！
　　　　他没有杀着一个鬼子，他没有杀着一个呀！……

赵伍的喊声　弟兄们加劲呀！我们要使他斩草除根，一个不剩！

石头的声音　你们分三路搜索，检查一下我们受伤弟兄，我去看看童
　　　　先生他们来了没有。

童先生　石头来啦！（喊）石头！

石　头　哎！

双　银　我们打胜了吗？

石　头　（上）胜啦！哈哈！鬼子都收拾干净啦！王家甸子的队伍和
　　　　我们会合了！

童先生　一个也没留吗？

石　头　留下了几个都见阎王去啦！哈哈！

童先生　（向双银）你看我的卦灵不灵？真灵啊！你不能不靠天数！

双　银　别说了吧！你把福生都算死了还灵呢！爷爷！爷爷！我们打
　　　　胜啦！

田大爷　胜啦？我们打胜啦？真的？

童先生　我们打胜啦！

田大爷　（向死尸）你听见没有？我们打胜啦！（向石头）我们把鬼子
　　　　都杀光啦？

大　家　都杀光啦！

田大爷　杀光啦！……杀光啦！……（向死尸）都杀光啦！

童先生　双银！来扶你爷爷到那边去。（二人扶田大爷到墙边坐下）

田大爷　（走时不住回头看死尸，自言自语）可惜，他看不见了！

石　头　童先生，双银，你们去把枪给捡一捡……王林，来，把双银
　　　　的二叔抬到后面去，……把这些死狗扔出去！（两人抬死
　　　　尸，两人捡战利品）

双　银　童先生，你把这些都写上！……（检视）水……壶……五
　　　　个！（童先生重复她的账）铁帽子三个……（摘下童先生的
　　　　帽子，把钢盔给他戴上）……枪子儿……三大串……（一抬
　　　　头看见墙头穿日本大衣的王林，吓得后退）鬼子！

王　林　石头！你也剥皮认识瓢！（大摇大摆地过来，拍拍胸脯将大
　　　　衣散开让别人看）

石　头　他妈的，有你穿的没我穿的？看我的！看我的！（下去找
　　　　大衣）

童先生　还有我的印！

双　银　你要什么？快记你的账去吧！
　　　　（鸡叫了，石头披大衣上，打着哈欠）
　　　　（黎明的光辉从地平线上升起，远处有群众的歌声。田大爷
　　　　扶墙起立，和着歌声断断续续地唱着）

田大爷　打起火……呵把，拿……啊……起枪，带足……了子弹……
　　　　干……啊……粮，赶快上……啊……战场！

（群众的歌声渐近渐响）

石　头　（招呼）哎咳唉！……

双　银　（向童）你快……快……快！人家都来啦！都来啦？（田大爷
　　　　更大声地唱，群众拿着火把、枪，唱着上……王林用手将枪
　　　　钟摆一样地晃动，石头猴子一样地跳着舞着……群众的喜悦
　　　　冲上了天穹）

（幕下）

弟　弟①

诗　剧

人物　兄、其弟。

景　荒坟、秋林、残月、碑影、行军帐幕。

　　开幕时全台灰暗，只见荒坟里孤立着碑影，残月映着萧瑟的秋林。音乐低弱的似风声又似哭声。

　　兄手撩帐幕半启，探身外望，稍迟疑，回头看看睡了的同伴，遂潜步走出。

唱　"呵……

　　夜风惨惨，冷露浸人，

　　垒垒荒冢凄寂，

　　残月映秋林……"

　　唱毕徘徊树下，忽停步，仰首望月，（独白）

　　"现在是什么时候了？"做深思状，

　　"他们也知道我流落到这个样子？

　　——唉！……"

　　头慢慢低下，从怀中取出一信，反复查看、思量，猛然焦急地

———————

① 此剧原署名："凝秋、左明"合作。

叫道:

"弟弟,可怜的弟弟! ……

——你现在又漂到哪里去了呢?"

(稍停,一手用力揉信)

"负气别家乡,

只身沦落天涯海角,

偶忆起可怜的弟弟,

偶忆及父亲的早亡,

尽让我的心,早经灰死,但是今夜呵!

怎抑制热情奔放?

——呵呵!

这一天凉月,

覆着四野茫茫……

我尽情地歌唱,

腮边挂着热泪两行!

我尽情地歌唱,

唱不尽心头的痛伤!

——我的胸腔破裂了!

我的神志昏迷,我的心欲醉狂!

我的歌声唤不起东方的太阳,

黑暗吞尽所有的希望!"

唱毕晕倒墓旁,月渐下落,树影摇曳,此时弟着黑色长衣,白翻领,头发蓬松,由树影里悄悄走出,绕场一周,至兄前,以袖拂其面,兄随之起,惊道:

(此时灯光忽亮)

"——呵,弟弟,你来了?

怪不得我昨夜梦见太阳，

太阳似烈火烧焦我的胸膛。

弟弟，你怎么这样瘦？

你的头发怎么这样长？

人家说你要做艺术家，

艺术家就不需要健康？

人家说你在北京有了爱人哪！

爱上了一个美妙的姑娘；

又听说，你在北京受困，

困得几天没有饭吃，

有一次你竟然发狂，

发狂睡在电车道上！

弟弟，父亲死了你怎么不回家？

你要知道，他们是多么痛恨？

多亏我们那瞎眼的伯父，

他三番五次地劝骂，

最后，才在父亲的灵前分家。"

兄忽有所思，转身惊叫："父亲！"奔向林中，"父亲！——父亲！……"声泪俱下，"自从我离家后，……我……我……我的心……哎！……"弟做无可奈何状，仰首问天，复转身视兄，欲就之，此时兄慢慢回过头来："弟弟！"趋至弟旁。

"弟弟，我为了完成你的志愿，

因此，我跑到了山东，又来到河南。

最后我决志去投军，

140

弟弟，你是知道我的生性倔强，
谁知竟这般无个下场！
弟弟呵，纵然我隔着云山叹故乡！……

记得到营盘的第一夜，
冷月偷觑着我的南窗，
我想着你的侄儿，
他们是多么可爱！
我离家时，他送出门外叫爸爸，
叫爸爸早些回来。
但是而今呵！
弟弟，我捧着破碎的心何处埋葬？
弟弟，我捧着破碎的心何处埋葬？"

弟表示坚决的样子注视其兄，回头欲被兄拉住，终将兄摔倒，凝视良久，奋勇而去。此时但闻人马嘈杂声，军号声，隐隐有鸡鸣。兄被号声惊醒，一手支膝，仰首望树梢。

"月落了，现在是什么时候了？"沉思一会儿叫道："弟弟！——他到哪儿去了？"四处寻找，猛抱墓碑："弟弟……"熟视良久，知为墓碑，失望与死的恐怖交集于衷，全身颤抖，此时一道白光射到碑上，清晰地显出"雄威烈士之墓"，不禁凄然泪下：

"哎，……我祝福你勇往地奔向前程！"

（沉默良久）

"呵，弟弟！可怜的弟弟，
你——你流落在何方？

弟弟！可怜的弟弟，
你——你流落在何方？

弟弟，你走后怎就杳无消息？

你知否，我这血泪浸成的信笺无从邮寄？

你知否，我睡在荒墓旁梦见你来对语？"

唱毕，从怀中取出信来，撕成碎屑，向空中一撒，正凝注于飘飘

的纸屑时，闻军号起，叹道：

"唉！我还是不得不归回营去。"

（完）

滏阳河[①] (三幕歌剧)

序曲

第 一 幕

景　秋夜，滏阳河上流水凄凄，夜色笼罩着两岸的田野迷离。河堤上架着一个席棚，棚前的木杆上挂着红灯，看堤的自卫军把长矛倒插在地上，刚刚升起的月牙，一缕缕淡淡的柔光反映在水里，自卫军面对着河水，寂寞地唱着歌。

自卫军　（披着羊皮大衣，背靠着木杆）

　　唱：

　　滏阳河（呀）水东流，

　　辛苦种田盼秋收，

　　三月春暖麦苗青（呵），

　　六月六来看谷秀。

　　八月十五（哇）是中秋，

　　盼到中秋五谷熟，

　　黄的有黄金塔，

　　热的有窝窝头，

---

① 冼星海为谱曲随身带去苏联。虽已写出音乐创作意图纲要，但星海未能完成这部歌剧的音乐创作。

小米子下锅煮稀粥!

（站起打哈欠，揉揉眼又唱下去）

我家里又养两头牛，

今年又生下一个小牝牛，

下地我也能顶头牛，

吃的穿的不用愁。

（忽然听见脚步声）……惊问：

（朗诵式）咳！谁呀？（较自由）说话呀！哎呀不对，快敲锣。（慌忙取锣，锣坠地发出当啷一声）

立正!

队　长　今晚上情形紧急，

恐怕敌人汉奸来偷堤，

我们就待在这里一步也不要远离。

下流的河堤已经决口，

你要小心看守!

自卫军　怎么，到底决口啦?

队　长　这里是十分紧急，

我们要特别注意，

加紧戒备巩固滏阳河堤，

今天的任务是保护丰收的五谷，

打击敌人不让他趁机偷渡。

（难民群众拿着铁铲、镐头，义愤填膺唱着，沿着河堤赶来了）

自卫军　（朗诵）队长，你听这是些什么人?

队　长　一定是难民。

自卫军　你听，他们好像很气愤的样子。

队　长　不要啰唆。

难民群众唱　屏住气高昂着头迈开大步，

握紧了拳头国仇家仇私仇，

满心的愤怒，满肚子的仇，

弟兄们莫回头，

旧日的家乡不可留，

敌人、水灾、饥寒、苦痛，

紧跟在我们的身后，

好兄弟打定主意，

破坏上流的河堤改变水路，

救护下流的灾区！

我们再顾不得你的我的，

顾不得假仁假义，

能救活人命才是最大的目的。

队　长　你们哪儿去？

难民群众　我们来破坏河堤！

自卫军　这怎么可以？（唱）

你们要活我们就不要活？

你们破坏河堤说是保护自己，

我们就不要保护自己？

队长唱　老乡们不要中敌人的诡计，

无论如何我们不能扩大灾区。

难民群众　什么不能！（唱）

多少乡村淹在水里，

多少黎民百姓被汉奸断送在手里，

我们的耕牛被敌人牵去，

我们的村庄被敌人占据，

我们要活要救自己只有掘堤，

只有改变水路才能救护下流的灾区，

好兄弟，好兄弟，动手动手，

掘堤掘堤掘堤。

队　长　（唱）

老乡们不要被敌人汉奸蒙骗，

自从八路军来到冀南，

这里的敌人才被赶出去，

我们救护人民唯恐不及，

哪有自己掘堤的道理？

难民甲　（朗诵）去，滚一边去。（唱）

人家说八路军是保护此地掘开下流的河堤，

你还装糊涂讲什么鬼道理，

好兄弟莫迟疑，

动手动手动手，

掘堤掘堤掘堤！

队　长　（唱）

老乡们不要动气，

敌人收买不要受敌人的蒙蔽，

汉奸破坏了下流的河堤，

你们没有来时我就得到了消息。

敌人想趁火打劫动用了最毒辣的手段，

进攻冀南妄图扑灭模范的抗日根据地，

我们都是中国人，

为什么给敌人利用自己来毁灭自己？

（他们正在争执不清，刚要动手掘堤时，河对岸射来两颗炮

弹，掘堤的难民停止动作）

队　长　（唱）

老乡们快快隐蔽，

敌人又破坏这里的河堤，

（难民群众散开伏在地上）

自卫军 （紧张地敲锣，大声狂呼）

哦咳！哦咳！

河堤决口啦！

哦咳！哦咳！

（紧张、锣声）

队　长 （命令士兵）散开！

（向堤后喊）同志们！出来。

（堤后出现一队武装战士，他们平端着枪，激昂地唱着走上河堤）

战士们 （唱）

保卫人民，

保卫河堤，

保卫冀南，

保卫边区，

敌人敢来，

给他个迎头痛击！

我们是八路军，

是人民抗日的子弟兵。

（受蒙蔽难民群众惊愕，无所适从，落幕）

第 二 幕

幕　启 （疲倦的神情）

难民B 锅里无米煮不成饭，

桑麻不收哪来衣穿？

处境越是困苦艰难，

人心越是变得阴险。

妇　女 （问站着的老农）

张大爷，你们站在那里看什么呀？

难民B　（唱）他已经站了三天三晚，

不说一句话不吃一口饭，

眼望着汪洋的水面珠泪涟涟，

眼前还是家乡偏偏不得回还，

一辈子安分守己临老了闹个妻离子散。

少　女　（堤上挖掘草根，唱）

张大爷命真坏，

半夜听说大水来，

他慌忙摘下门板倒空麻袋想拿人命去抵抗眼前的大水灾！

男的抢河堤，

女的下田地，

先抢高粱后抢苞米，

顾到东来顾不到西，

转眼有没腰深，

庄稼没有抢到手，

反而损失了人。

张大爷命真坏，

福不双降祸双来，

他踏着大水跑回家，

找来找去不见女儿在，

他疯疯癫癫急忙跑到村外，

夜是那般黑呀波涛迎面来，

他喊也喊不应啊叫也叫不来，

有谁告诉他女儿到底遭了什么灾？

他东张张西望望他走下水去，

打湿了衣裳一找找到东方亮。

看见女儿尸体漂在水面上，

红棉袄缠在绿叶的树枝上，

高粱花还粘在天真的脸上。

张大爷命真坏，

他死了人又伤了财，

这一场大水灾坑得他喘不上气来！

全体难民 （合唱）

这一场大水灾把饥饿病死一齐赶来，恨敌人用这毒辣的

手段造成千古未有的灾害。

妇　女 （抱着小孩，唱）

妈妈不得吃，

孩儿没有奶，

你哭你哭妈妈陪你哭，

妈妈的眼泪不能变成奶。

全体难民 （合唱）

大人遭了灾，

孩子跟着受伤害，

我们的命歹自己受，

不应该把苦痛再留给我们的后代。

病　人 （唱）

肚子里没有粮食，

饿得四肢无力，

凄风苦雨千百万难民在死亡线上流离。

全体难民 （唱）

千千万万难民在死亡线上流离，

亲戚朋友都自顾不暇，

有谁来施给我们救济。

壮　丁 （唱）

　　哪怕是几件破衣，

　　哪怕是很少的米，

　　多救活几条人命也可为国家出力。

全体难民 （唱）

　　能救活我们脱离死亡，

　　哪个人心还不是肉长成！

　　哪怕是几件破衣，

　　哪怕是很少的米，

　　我们惨痛的呼声，

　　只有水声相应。

　　难民越是饥饿苦痛，

　　越使敌人便于进攻，

　　全国的同胞，

　　前后方的父兄！

　　战士们多杀几个敌人，

　　解救有钱人也要救救华北的灾情！

汉　奸 （难民装上）

　　老乡们何必悲凄，

　　在刘家村有个施粥场，

　　有得穿来有得吃。

　　在东王镇有个招工处，

　　壮丁可以做工得工钱，

　　你们为什么不去那里？

壮　丁 （唱）

　　刘家村是被敌人占据，

　　那粥场全是抢去我们的米，

　　那全是笼络人心的手段，

敌人对我们还能打什么好主意?

病　人　(唱)

你的话好像有道理,

我看你顶没有出息,

我病得已站立不起,

就是死我还要死在中国地。

全体难民　(唱)

我们可以饿死!

我们可以病死!

我们可以投进水里淹死,

就是不能离开中国的土地。

壮　丁　(唱)

老乡们别听信人家的话,

轻易地丢开你的老家,

别忘了八路军来到冀南,

好容易才把江山打下,

冀南行政专员公署,

是我们人民的抗日政府,

主任杨秀峰谁不知他是极端爱护人民,

无论怎样困难,

他绝不会丢下人民不管。

全体难民　(唱)

冀南行政专员公署,

是咱们人民的抗日政府,

主任杨秀峰谁不知他是极端爱护人民,

我们相信,

不论多困难,

他绝不会丢开人民不管。

别离了自己的政府，

我们要忍受饥寒，

别中了敌人的诡计，

叫他们称心地进攻冀南！

汉　奸　（失望地，唱）

有现成的吃，

有现成的穿，

你们一定要等死，

我也没有法管。

全体难民　（唱）

队长，队长，

杨主任是不是想到办法？

到底弄到多少米？

队　长　（为难，唱）

杨主任极力在想办法，

他绝不会自己活命把饥饿的难民丢下。

哪有抗日的人民政府忘记了民众的酸甜苦辣。

你们相信我的话，

抗日政府一定有个解决的办法！

张大爷　（回转头望着队长，惨笑一声跃进水里）

妇　女　（惊悸地喊）

嘎……

张大爷　…………

全体难民　（看看张大爷站立的地方，唱）

队长！队长！

他跳进水里死啦！

我们跟他全是一样的人，

队长你不能看着我们全淹死！

队长米呢?

没有米?

我们吃什么?

队长! 队长!

我们的肚子饿呀!

饿得两眼昏黑,

饿得四肢乏力,

整整三天三夜嘴里不进一颗米!

就因为这是中国地!

这块地方本是我们自己的,

我们可以饿死!

我们可以病死!

我们可以投进水里淹死,

就是不能离开中国的土地。

我们没有吃穿,

忍受着凄风苦雨,

病的病倒,

死的死去,

三百万难民

颠沛流离!

队　长　(唱)

老乡, 老乡,

你们哪儿去?

难民A　(唱)

到刘家村去,

那里有现成的穿,

有现成的吃,

我们并不是做汉奸,

只是这饥饿的肚皮。

队　长　（唱）

末路，

他才用这毒辣的诡计，

掘开了滏阳河堤，

把军队人民都往水里逼！

你们相信我，

有我八路军在不会单单饿死你，

有那杨主任在，

也不会丢开难民不管，

快回去好兄弟好兄弟，

敌人就是希望军队人民两分离，

他进攻冀南才满意！

全体难民　（唱）

千万万难民在死亡线上流离，

亲戚朋友都自顾不暇，

有谁来施给我们救济，

老乡们听我告诉你，

刘家村有敌人占据，

中国人绝不能去。

壮　丁　（唱）

我们既不是做汉奸，

又不是去通敌，

只是为了肚子饿，

为什么一定不能去？

队　长　（唱）

老乡们，老乡们，

我们虽不是远亲近邻，

可也等于亲生兄弟，

日本人是我们不共戴天的死敌，

哪能给中国人便宜，

他要进行扫荡都是一败涂地穷追，

能救我们脱离死地？

哪个人心还不是肉长的，

哪怕是几件破衣，

哪怕是很少的米，

我们惨痛的呼声，

只有水声相应，

难民越是饥饿苦痛，

越使敌人便于进攻！

全国的同胞，

前后方的父兄！

我们虽各有不同的姓名，

在敌人面前都是一个命运。

全国的同胞，

前后方的父兄！

我们多杀几个敌人，

解救受灾的亲人，

也要救救华北的灾情。

（河堤决口，激烈的机枪声、锣声、水声，群众的呼喊声，山洪似的混成一片，村里的农民们打着火把，抬着门板、麻袋等物跑来，刚才要动手破坏河堤的难民群众迟疑了一会儿，也拼命地帮着抢险）

群　众　（唱）

抢险哪！抢险哪！

河堤决口啦！

上前哪！上前哪！

跟自然作战，

跟敌人作战。

情况到了十分危险！

不结私仇，

不记宿怨，

祸难当前，

共同承担。

上前哪！抢险哪！

上前哪！抢险哪！

截住洪水不让它漫延，

打击敌人不让他前进！

（一股洪流打群众头顶上冲过，群众在水里挣扎着，又逆流
抢上来）

哟噢！哟噢！

上前哪！抢险哪！

不顾生命，

不顾危险，

逆着洪流，

冒着子弹，

动手动手，

掘堤掘提，

我们要活，

要救自己，

只有改变水路，

才能救护下流的灾区！

成群呐喊奔上前，

这是生死存亡一瞬间，

这是抗日斗争的最前线！

浪花飞溅血花飞溅，

急流奔腾波涛凶险，

这是生死存亡的一瞬间，

这是抗日斗争的最前线，

要救自己莫迟延，

要活命的赶上前！

保卫自己保卫河堤，

保卫冀南保卫边区，

保卫抗日根据地。

（幕落）

第 三 幕

（军号声）

指导员 （唱）

英勇的八路军是抗日的铁军，

三百万人民饿死的饿死病倒的呻吟，

这空前的惨况普遍到三十五个县份，

为正义斗争的战士们，

我们要救济难民，

就得要抢粮食，

就得要打击敌人。

打击敌人！

打击敌人！

战士们 （合唱）

英勇的八路军是人民抗日的铁军，

困苦当前哪怕山高水深也要冲锋陷阵，

阻击敌人，

消灭敌人，

我们处处为拯救中国的人民。

难民的呻吟，

刺激着我们的良心，

人民的苦痛，

激励着我们前进！前进！

难民们 （合唱）

哪怕山高水深，

挡不住英勇的八路军，

他们出生入死，

全是为了啼饥号寒的灾民。

滏阳河水无底深，

淹毁庄稼淹死人，

往年的秋收无限好，

今年害得我们片瓦无存。

几天工夫淹了三十五个县份，

几天工夫造成了三百万难民，

只怪鬼子狗心狠，

他想趁机进攻八路军。

八路军到底是我们的人，

八路军到底是人民的抗日军，

我们的生命寄托在八路军，

八路军拯救了饥饿的难民。

敌人越是凶狠，

越能显出八路军爱民，

山到尽头必有路，

人到绝境遇恩人。

难民甲　（看见一个人影）谁呀？

老难民　（从敌区回来，颓丧地）我。

难民甲　（唱）

你怎么又回来啦？

老难民　（唱）

他留下青年男子赶出了老少，

他嫌我年纪大不能操劳，

他留下青年妇女专选如花美貌，

男的变牛马，

女的供他们快乐逍遥！

难民甲　（唱）

当初不叫你上当，

不叫你接受鬼子的假殷勤，

到底白跑一趟结果更伤心，

我们懂得他威逼利诱，

这一切无非是笼络人心！

全体难民　（合唱）

敌人的心比豺狼狠！

他掘堤就是要淹中国人。

坑得多少人丧了命，

又拿小恩惠来做人情！

他越做假人情，

越显出卑鄙的本性，

归根结底还不是叫中国人供他使用。

指导员　（唱）

冀南的父老，

全中国的同胞，

快快起来向全世界呼吁，

向爱好和平的人民控诉日本强盗的残暴！

难 民 （合唱）

他为了扫荡八路军，

他要毁坏平原游击战的碉堡，

一面开始军事进攻，

一面破坏河渠水道，

他要造成普遍的灾荒，

把军队人民一齐赶跑，

破坏了滏阳河又破坏运河滹沱河，

一泻千里水滂沱

三百万难民害得不死不活。

指导员 （唱）

冀南的父兄，

全中国的同胞，

快快起来！

难 民 （合唱）

向全世界呼吁，

向爱好和平的人民控告日本强盗残暴！

（远处传来八路军行进的歌声）

全体难民 （唱）

八路军八路军，

到底是我们的人，

八路军八路军，

到底是人民的抗日军。

乡亲们来呵！

欢迎得胜的八路军，

动手搬运战利品！

这回我们是不用发愁，

也用不着再伤心，

打走鬼子还抢来这么多面粉。

（难民兴致勃勃地搬运，分配）

甲　　（唱）

面粉袋，

甸甸沉，

难民今天也翻身，

不怕鬼子凶，

不怕鬼子狠，

早晚他要受到好教训，

分配面粉真开心，

男女老少要平均！

乙　　（唱）

说翻身，

说翻身，

八路军才是救命人，

不怕鬼子凶，

不怕鬼子恨，

早晚他要受到好教训。

你开心我开心，

只有敌人才寒心！

全体难民　　（各抱着分得的面粉，笑声，唱）

伟大的八路军，

英勇的八路军，

打击了敌人，

救活了我们，

你是中华民族的保卫者，

你是被压迫人民的母亲！

（战士抬着队长尸体过场，无言歌，全场静默）

全体难民 （抱着面粉，望着队长的尸体，饮泣、唱）

大水滔滔来得猛，

敌人趁机又进攻，

幸运的勉强偷生，

不知多少人丧了命。

这种悲惨的苦境，

是千古未有的灾情，

八路军的英勇，

使我们衷心感动。

全体难民及战士 （唱）

伟大的八路军，

英勇的八路军，

你是和平正义的保卫者，

你是新中国的好母亲。

你前进你前进，

爱和平的人民一齐前进，

你冲锋陷阵，

八路军是被压迫人民的前卫军，

伟大的八路军是打击日本强盗的先锋。

是打击日本强盗的先锋。

指导员 （唱）

老乡们不要悲痛，

八路军不怕牺牲，

我们从艰苦斗争中长成，

我们经过人间最艰险的路程。

过去的艰苦斗争，

锻炼出今天的英勇，

今天的英勇将创造新中国的诞生。

被压迫的人民一齐翻身，

被压迫的人民一齐翻身。

全体群众 （合唱）

拥护八路军。

扩大八路军。

八路军是被压迫人民的前卫军，

八路军是打击日本强盗的先锋！

（幕落）

（根据冼星海手稿转抄，手稿原件存中国音乐研究所）